COLLECTION
FOLIO BILINGUE

Bernhard Schlink

Der Andere
L'autre

Traduit de l'allemand par Bernard Lortholary
et Robert Simon

Préface de Pierre Deshusses

Gallimard

Cette nouvelle est extraite du recueil
Amours en fuite (Folio n° 3745).

LES ÉCUEILS DU DEUIL

Si l'amour dans ce qu'il a de plus beau peut sur-
vivre à la mort, celle-ci ne met pas fin non plus à
ses angoisses. Elle peut même au contraire réactiver
ses tortures dont on se croyait libéré après une
longue vie passée ensemble, poser des interrogations
nouvelles et placer alors la vie entière — la sienne
et celle de l'autre — dans une perspective insoup-
çonnée jusqu'ici. Aimer, c'est d'une certaine façon
accepter le mystère de l'autre, et quand on a cru
l'autre finalement sans mystère, la mort de l'autre,
au lieu de sceller — définitivement et dans la dou-
leur certes — la perte d'une harmonie, peut alors
révéler — trop tard — qu'il n'en est rien, qu'il n'en
est jamais ainsi, que l'entente était fondée sur des
trous, des absences et que l'autre a ainsi toujours
échappé à la véritable compréhension. Au chagrin
de la perte viennent alors s'ajouter les affres d'une
interrogation lancinante sur la véritable identité de

*la personne disparue. La mort qui rameute les sou-
venirs place devant l'ignorance et ses terreurs. La
jalousie peut ouvrir un nouveau bal.*

Lisa vient de mourir d'un cancer et Bengt, son
mari, se retrouve seul dans la maison qui a abrité
une vie de couple apparemment sans accrocs. Lisa
était violoniste dans un orchestre municipal d'une
ville d'Allemagne de moyenne importance. Une
femme aimante, une artiste douée, une mère de
famille sans histoire — tout cela a été emporté en
quelques mois. La maladie a été fulgurante. Jusqu'au dernier moment, Bengt et Lisa se sont aimés,
ils ont fait l'amour. Mais ils ne vieilliront pas
ensemble, la mort en a décidé autrement. Pour
Bengt, il s'agit désormais de vivre avec ce vide. Il
donne les affaires de Lisa, range la maison, comme
s'il ne voulait plus de souvenirs autres que ceux
qu'il a dans son cœur. Après tout, combien peuvent
dire qu'ils ont eu une vie aussi harmonieuse, une
entente aussi belle avec une épouse sensible et atten-
tionnée qui a partagé leur vie durant des années ?
Bien sûr, la maison est trop grande tout d'un
coup, surtout que leur fille, maintenant mariée, vit
dans une autre ville. Bengt Brenner a l'impression
de tomber au fond d'un trou mais il ne sombre pas
pour autant dans une irrémédiable dépression : « Il
savait qu'il était lent, lent à percevoir les

choses comme à les assimiler, lent pour s'impliquer comme pour se détacher.

Parfois, il avait l'impression qu'il était tombé hors de sa vie, qu'il continuait à tomber, mais qu'il arriverait bientôt en bas et qu'une fois en bas il pourrait repartir de zéro, modestement, mais repartir. » *Or une découverte va dérober le fond qui semblait si proche, ce socle qui lui aurait permis de donner un coup de talon salutaire et de lentement remonter à la surface, de reprendre souffle, de vivre. Schlink nous entraîne dans cette découverte et ses conséquences avec un art consommé du suspense en conservant un ton réaliste qui ressortit à l'intelligence du* commonsense *de la nouvelle anglo-saxonne.*

Bernhard Schlink a connu une notoriété immédiate avec la parution, en 1995, d'un roman intitulé Der Vorleser. *Ce livre traduit en treize langues est paru en français sous le titre* Le liseur[1]. *Ce succès phénoménal et rare dans la littérature germanique n'est comparable qu'à celui du* Parfum *de Patrick Süskind, paru dix ans plus tôt, en 1985[2]. Schlink n'était connu auparavant que comme auteur de romans policiers, écrits parfois à*

1. Traduit par Bernard Lortholary. Éditions Gallimard, 1996.
2. Traduit par Bernard Lortholary. Éditions Fayard, 1986.

quatre mains avec Walter Popp. Le succès du **Liseur** est dû autant au fait que, comme dans le **Parfum**, *Schlink renoue avec la tradition de la narration — loin de toute expérimentation littéraire longtemps si chère aux auteurs de langue allemande —, osant raconter une histoire, qu'à sa façon de traiter avec nuances de la culpabilité engendrée chez tout un peuple par la barbarie nazie.* Le liseur *retrace l'amour entre un adolescent de quinze ans et une femme de trente-sept ans. Cet amour prend fin de façon abrupte et inexplicable pour l'adolescent qui, quelques années plus tard, retrouve la femme qu'il a aimée sur un banc d'accusé. Cette femme qu'il a admirée, qui l'a initié à l'amour, a en fait été du côté de la SS durant la guerre où elle était gardienne de camp. A-t-elle agi par conviction ou s'est-elle laissé entraîner à cause justement de ce mystère que le jeune homme a découvert : elle ne sait pas lire. C'est la raison pour laquelle elle l'a quitté, de nombreuses années auparavant, raison qu'il a mal interprétée au début. Elle ne voulait simplement pas lui dévoiler cette ignorance. La seconde partie de cette éducation sentimentale se concentre autour du procès et des interrogations qu'il engendre : Peut-on condamner quelqu'un qu'on a aimé ? Comment dissocier la personne de ses fonctions ? Quelle part de culpabilité endosser quand on a aimé une personne qui a été l'auxiliaire de bourreaux ?*

Tous ces thèmes — l'amour, le mystère, la cul-
pabilité — se retrouvent dans le recueil de sept
récits intitulé Amours en fuite *d'où est tirée la*
nouvelle ici présentée. Ces récits organisés comme de
petits romans divisés en chapitres sont racontés du
point de vue de l'homme et peuvent être assimilés
dans un premier temps à autant d'échecs de l'amour.
Les personnages masculins ont tous atteint un cer-
tain âge; ils se retournent sur leur passé à un
moment ou à un autre et se rendent compte qu'il
leur a manqué quelque chose, qu'ils ont manqué
quelque chose. Pourtant tout n'est pas si simple et
c'est le grand mérite de Schlink, comme dans son
roman Le liseur, *de ne pas mettre fin au trouble*
et aux interrogations du lecteur et de ne pas juger
et condamner ses personnages. Bernhard Schlink est
juriste de profession et, en dépit du succès de ses
livres, il a conservé ses fonctions. Il est mieux que
personne en position de savoir que la justice ne
touche jamais le fond des êtres et que le pire des cou-
pables n'est pas forcément un monstre. Le titre du
recueil, Amours en fuite, *est à cet égard pro-*
grammatique et il faut revenir à l'allemand pour
en saisir les nuances auxquelles résiste le français,
ce qui n'enlève rien à l'excellente traduction de Ber-
nard Lortholary et Robert Simon qui ont dû choisir
un titre en se pliant aux impératifs du français et

renoncer ainsi aux ambiguïtés du mot allemand : Liebesfluchten. *Littéralement, on peut le traduire par « les fuites de l'amour » ou « les fuites amoureuses ». Mais s'agit-il de fuites hors de l'amour ou au contraire de fuites vers l'amour comme vers un refuge ? Ou s'agit-il encore, comme le suggère un autre sens de* Flucht *(fuite), d'une perspective, d'un alignement, d'un point de fuite ? Dans ce cas, l'amour n'est ni refuge ni disparition mais vecteur d'agencement et d'organisation dans les relations humaines, une sorte de constellation improbable. Si certains récits du recueil font pencher la balance dans un sens et d'autres dans un autre, la nouvelle intitulée* L'autre *nous confronte davantage avec la dernière acception du terme et replace toute une vie à deux dans une perspective nouvelle, inattendue, sidérante. Car l'alignement ainsi découvert est bel et bien fait de façades. Il s'agit d'établir — seul — le bilan d'une vie conjugale et les comptes ne sont pas exacts, alors même que la solitude imposée par la mort rend impossible de réclamer des comptes. Il faut se débrouiller seul avec son passé, ses souvenirs et surtout ses ignorances.*

Alors que Bengt semble lentement reprendre le dessus, voilà qu'il trouve un jour dans la boîte une lettre adressée à Lisa.

L'effet est comparable à celui d'une boîte de Pan-

dore. *La personne qui écrit à sa femme est un homme. Et cette lettre, signée Rolf, ne laisse aucun doute sur la nature de la relation qu'il a entretenue avec Lisa. Après l'incrédulité vient la stupeur ; en de multiples circonstances,* « il avait eu la révélation de la profonde intimité qui marquait leur vie commune. Il s'agissait d'une intimité exclusive, cela avait été pour lui une évidence. Mais à présent plus rien n'était évident ». *Après la stupeur vient le moment de la jalousie que Schlink dissèque au scalpel :* « Parfois, il se demandait ce qui était le pire : que l'être aimé soit autre avec un autre, ou qu'avec un autre il soit justement celui qu'on connaît bien. » *Si les langues souvent résistent l'une à l'autre comme nous l'avons vu plus haut et empêchent la traduction pour la réduire, par le fait du choix obligé, à une approximation, il arrive aussi que la langue d'arrivée permette plus que la langue de départ et confère au texte une nouvelle richesse. C'est ici le cas. Si, en allemand,* « l'autre » *est au masculin dans le titre, le français, dans son indifférenciation sur ce mot, permet d'englober l'homme ou la femme sous un même terme, ce qui correspond parfaitement au sens de ce récit ; Bengt se retrouve soudain face à deux personnes qu'il ne connaît pas : sa femme et cet inconnu. L'autre devient double.*

Après des jours de confusion, de déchirement et d'angoisse, Bengt Brenner décide de répondre à cette lettre par un mot laconique qu'il termine ainsi : «La Lisa que vous avez connue et aimée est morte.» *Signé B. Mais l'amour se joue de la rhétorique autant que de la vérité. Une autre lettre de Rolf ne tarde pas à arriver. Ce n'est pas une lettre de condoléances mais une lettre de relance où Bengt apprend — nouveau coup de poignard — que le B. avec lequel il a signé et qui est la première lettre de son prénom est aussi la première lettre du petit nom que Rolf donnait à Lisa :* «ma Brune». *Impossible d'oublier. Impossible de faire comme si de rien n'était. Lui qui croyait avoir tout rangé, tout mis en ordre dans l'appartement, est happé par un nouveau tourbillon. Il se souvient alors que le secrétaire de Lisa a un tiroir secret. Et c'est là qu'il trouve, parmi d'autres lettres sans grand intérêt pour lui dans ces circonstances, quatre enveloppes retenues ensemble par une pince, quatre lettres signées Rolf. L'artifice du meuble servant d'écritoire cache, outre ses secrets, une vérité dont Bengt ne se rend sans doute pas compte sur le coup, tant il est obsédé par sa quête : c'est par les mots que l'on peut arriver à la compréhension, c'est par les mots que peuvent naître les malentendus, et il n'y a pas de loi pire que celle du silence qui confisque les mots et dérobe ainsi la compréhension. C'était déjà*

14

le thème central de l'intrigue du Liseur *: l'incapacité à accéder aux mots et à l'écrit peut être la source des plus grands drames. Bengt est avide de comprendre, avide de mots, avide de paroles. Or il n'a plus d'interlocuteur. Il fait bien une tentative auprès de sa fille pour essayer de parler de cette affaire mais il se heurte à un mur d'incompréhension avant même qu'il ait pu aborder le sujet qui l'obsède.*

Les cachets de la poste lui permettent de dater exactement ces courriers : c'était il y a onze ans. C'était l'époque où son travail au ministère lui donnait beaucoup de pouvoir mais lui prenait aussi beaucoup de temps et lui faisait négliger sa famille. Une photo trouvée dans le secrétaire lui révèle l'apparence de celui qui a sans doute été l'amant de sa femme : « Grand, svelte, se tenant bien droit et avançant d'une démarche décidée, les cheveux fournis et le sourire doux — il était beau. » *Jetant un coup d'œil dans le miroir, Bengt découvre à quel point le temps a fait son œuvre sur son propre visage, mais étonnamment, il ne distingue ni souffrance, ni tristesse, ni colère :* « simplement de la contrariété ». *Simplement. Ce qui donne de la force aux nouvelles de Schlink et à celle-ci en particulier, c'est que l'auteur ne sombre jamais dans le pathos ou les clichés. Peut-être parce que, fidèle à ses personnages, il sait que*

15

le temps des grands sentiments est révolu au bout
de quelques années de mariage et que l'amour n'est
fait que d'une somme de petites choses. Le diable se
loge dans les détails.

Décidé à « éliminer l'autre de sa vie et de la
vie de Lisa », *décidé à retrouver sa tranquillité*
d'esprit, Bengt prend sa voiture et part dans la
ville où habite Rolf pour le rencontrer. Inutile d'être
un grand détective pour cela et Schlink nous
épargne la quête propre au roman policier dont il
est pourtant un auteur reconnu. Bengt ne tarde
donc pas à retrouver sa trace, mais l'homme qu'il
découvre ne correspond en rien à ce qu'il avait ima-
giné, comme si les relations humaines étaient fon-
dées sur des images trompeuses. Celui qu'il avait
considéré comme un bel homme s'avère être un raté,
un matamore hâbleur et sans scrupules — flam-
beur et escroc du cœur. Comment Lisa a-t-elle pu se
laisser aller dans les bras d'un tel individu ? Loin
de s'éclaircir, le mystère sur la vraie personnalité de
sa femme, sur ses désirs et ses attentes, s'épaissit.
Rien décidément ne correspond à l'image qu'il
avait de l'autre, d'autant plus que toutes les per-
sonnes qu'il côtoie maintenant lui apparaissent
comme des masques et des dissimulateurs partici-
pant à une gigantesque farce. La nouvelle pourrait
basculer dans le grotesque si propre au récit de

l'adultère — il n'en est rien. Et si Schlink sait rendre cette part qui définit la situation de son personnage, il choisit de le faire en empruntant la voie de la tragi-comédie, comme pour mieux révéler encore toute l'ambiguïté et les contradictions des relations dites amoureuses.

La fin de la nouvelle réserve des surprises, comme celle des six autres nouvelles du recueil. Qu'il s'agisse d'Andi qui, dans La circoncision, *choisit de se convertir au judaïsme par amour pour Sarah et qui provoque un fiasco parce que l'important dans une relation est de résister à l'étrangeté et non de tenter de l'abolir; qu'il s'agisse de ce couple qui, dans* La femme de la station-service, *part aux États-Unis pour réactiver son amour qui finit pourtant par se dissoudre de façon pitoyable; qu'il s'agisse de l'autodafé censé purifier les souvenirs dans* La petite fille au lézard, *toujours on avance insensiblement vers un point de fuite qui donne une tournure inattendue au récit, alors même que Schlink conserve un ton neutre et dépouillé, dans une dramaturgie à la Ibsen. L'échec de l'amour peut être porteur d'une victoire que souvent l'on préfère ne pas revendiquer tant elle est amère et tant elle bouleverse les ancrages de sa propre psyché. La dernière phrase du récit semble suggérer l'apaisement tant désiré par Bengt après la mort de Lisa :* «Il se réveillerait, il verrait le soleil, enten-

drait les oiseaux, sentirait le vent, et tout lui reviendrait à l'esprit, et les choses seraient en ordre. » *Mais à quel prix ? Tout le romantisme de la communion avec la nature est évacué par le simple choix d'un mode verbal qui impose sa condition. Bengt Brenner, qui a enfin découvert qui était cet « autre » qui a séduit sa femme, qui a découvert que Lisa était bien différente de ce qu'il imaginait, fait une ultime découverte : lui aussi est un autre, différent de ce qu'il avait toujours pensé de son propre moi.*

PIERRE DESHUSSES

1

Wenige Monate nach seiner Pensionierung starb seine Frau. Sie hatte Krebs, nicht mehr zu operieren oder sonst zu behandeln, und er hatte sie zu Hause gepflegt. Als sie tot war und er sich nicht mehr um ihr Essen, ihre Notdurft und ihren ausgezehrten, wundgelegenen Körper kümmern mußte, mußte er sich um das Begräbnis kümmern, um Rechnungen und Versicherungen und darum, daß die Kinder bekamen, was sie ihnen zugedacht hatte. Er mußte ihre Kleider reinigen lassen und ihre Wäsche waschen, ihre Schuhe putzen und alles in Kartons packen. Ihre beste Freundin, Inhaberin eines Secondhandladens, holte die Kartons ab;

1

Quelques mois après qu'il eut pris sa retraite, sa femme mourut. Elle avait un cancer, on ne pouvait plus l'opérer ni la traiter d'aucune manière, et il l'avait soignée à la maison. Quand elle fut morte et qu'il n'eut plus à s'occuper de sa nourriture, de ses besoins naturels et de son corps décharné plein d'escarres, il lui fallut s'occuper de l'enterrement, des factures et des assurances, et veiller à ce que les enfants reçoivent ce qu'elle avait prévu de leur léguer. Il dut faire nettoyer ses vêtements et laver son linge, cirer ses chaussures, et tout emballer dans des cartons. La meilleure amie de sa femme, qui possédait un magasin de dépôt-vente, vint chercher ces cartons ;

sie hatte seiner Frau versprochen, daß die edle Garderobe von schönen Frauen getragen würde.

Auch wenn es sich bei alledem um Verrichtungen handelte, die ihm ungewohnt waren, war ihm doch so vertraut, im Haus geschäftig zu sein, während aus ihrem Krankenzimmer kein Laut drang, daß er immer wieder das Gefühl hatte, er müsse nur die Treppe hinaufsteigen, die Tür öffnen und könne sich auf ein Wort, einen kurzen Bericht, eine Frage zu ihr ans Bett setzen. Dann traf ihn das Bewußtsein, daß sie tot war, wie ein Schlag. Oft ging es ihm auch so, wenn er telefonierte. Er lehnte neben dem Telefon an der Wand zwischen Küche und Wohnzimmer, ganz normal, sprach über Normales, fühlte sich normal, und dann fiel ihm ein, daß sie tot war, und er konnte nicht weiterreden und mußte auflegen.

Eines Tages war alles erledigt. Er fühlte sich, als seien die Seile gekappt, der Ballast abgeworfen und er treibe mit dem Wind über das Land. Er sah niemanden und vermißte niemanden.

elle avait promis à son amie que sa garde-robe distinguée serait portée par de jolies femmes.

Même s'il s'agissait en tout cela d'opérations qui ne lui étaient pas familières, il avait tellement l'habitude de s'affairer dans la maison sans que le moindre bruit provînt de la chambre de la malade qu'il avait sans arrêt le sentiment qu'il lui suffirait de monter l'escalier et d'ouvrir la porte pour pouvoir s'asseoir auprès d'elle au bord du lit, pour lui dire un mot, lui faire un bref récit ou lui poser une question. Ensuite il reprenait conscience du fait qu'elle était morte, c'était comme un choc. Il lui arrivait souvent la même chose quand il téléphonait. Il s'appuyait près du téléphone au mur de séparation entre la cuisine et le salon, tout à fait normalement, il parlait de choses normales, il se sentait normal, et puis il lui revenait à l'esprit qu'elle était morte, et il ne pouvait pas continuer à parler, il était obligé de raccrocher.

Un jour, tout fut réglé. Il se sentit comme si les amarres avaient été coupées, le lest jeté, et comme si le vent poussait son ballon au-dessus du pays. Il ne voyait personne, et personne ne lui manquait.

Seine Tochter wie auch sein Sohn hatten ihn eingeladen, einige Zeit mit ihnen und ihren Familien zu verbringen, aber obwohl er seine Kinder und Enkel zu lieben meinte, war ihm die Vorstellung, bei ihnen zu leben, unerträglich. Er wollte nicht in einer Normalität leben, die nicht seine alte war.

Er schlief schlecht, stand früh auf, trank Tee, spielte ein bißchen Klavier, saß über dem einen und anderen Schachproblem, las und machte Notizen für einen Artikel zu einem Thema, das ihm in den letzten Jahren seiner beruflichen Tätigkeit begegnet war und ihn seitdem begleitete, ohne ihn wirklich zu beschäftigen. Am späten Nachmittag begann er zu trinken. Er nahm ein Glas Sekt mit ans Klavier oder Schachbrett; beim Abendessen, einer Suppe aus der Dose oder ein paar Scheiben Brot, trank er die Flasche Sekt aus und machte eine Flasche Rotwein auf, die er über seinen Notizen oder einem Buch leerte.

Er machte Spaziergänge durch die Straßen, in die oft verschneiten Wälder und entlang dem Fluß, dessen Ränder manchmal gefroren waren.

Sa fille et son fils l'avaient invité à passer quelque temps avec eux et leurs familles, mais, bien qu'il pensât aimer ses enfants et ses petits-enfants, l'idée de vivre avec eux lui était insupportable. Il ne voulait pas d'une vie normale qui n'aurait pas été sa vie normale d'avant.

Il dormait mal, se levait tôt, buvait du thé, jouait un peu de piano, réfléchissait sur tel ou tel problème d'échecs, lisait et prenait des notes pour un article sur un sujet qu'il avait découvert dans les dernières années de son activité professionnelle et qui depuis l'accompagnait sans vraiment l'occuper. En fin d'après-midi, il commençait à boire. Il apportait un verre de mousseux près du piano ou de l'échiquier ; au repas du soir, qui consistait en une soupe en boîte ou en quelques tartines, il terminait la bouteille de mousseux et ouvrait une bouteille de vin rouge, qu'il vidait en prenant ses notes ou en lisant un livre.

Il faisait des promenades dans les rues, dans les forêts souvent enneigées et le long de la rivière aux bords parfois gelés.

Er brach auch nachts auf, zunächst ein bißchen torkelig, hier und da stolpernd und an
einem Zaun, einer Mauer entlangschram-
mend und bald mit klarem Kopf und siche-
rem Schritt. Er wäre gerne am Meer gewesen
und am Strand gelaufen, Stunden um Stunden. Aber er konnte sich nicht entschließen,
das Haus zu verlassen, diese Hülle seines
Lebens.

2

Seine Frau war nicht besonders eitel gewesen. Jedenfalls war sie ihm nicht besonders
eitel erschienen. Schön, ja, schön hatte er sie
gefunden, und er hatte ihr seine Freude an
ihrer Schönheit auch gezeigt. Sie hatte ihm
gezeigt, daß sie sich über seine Freude freute
— mit einem Blick, einer Geste, einem
Lächeln. Anmutig waren diese Blicke und
Gesten, dieses Lächeln gewesen und auch die
Art, wie sie sich im Spiegel musterte. Aber
nicht eitel.

Und doch war sie an ihrer Eitelkeit gestorben.

Il se mettait en route également la nuit, d'abord un peu titubant, trébuchant çà et là et frottant au passage une palissade ou un mur, puis bientôt avec une tête claire et un pas assuré. Il aurait volontiers été à la mer pour marcher sur la plage pendant des heures. Mais il ne pouvait pas se décider à quitter la maison, cette enveloppe de sa vie.

2

Sa femme n'avait jamais été particulièrement coquette. En tout cas, lui ne l'avait jamais trouvée particulièrement coquette. Belle, bien sûr, il la trouvait belle, et il lui montrait d'ailleurs combien il prenait de plaisir à sa beauté. De son côté, elle lui montrait combien son plaisir lui faisait plaisir — elle le montrait d'un regard, d'un geste, d'un sourire. Ces regards et ces gestes, ce sourire aussi étaient gracieux, tout comme la manière dont elle s'examinait dans le miroir. Mais non coquets.

Et pourtant elle était d'une certaine manière morte de sa coquetterie.

Als der Arzt einen Knoten in ihrer rechten Brust festgestellt und eine Operation angeraten hatte, war sie aus Angst, ihr werde die Brust abgenommen, nicht mehr zu ihm gegangen. Dabei hatte sie mit ihren hohen, vollen, festen Brüsten nie geprahlt, und sie hatte auch nicht geklagt, als sie in den letzten Monaten vor ihrem Tod abmagerte und die Brüste an ihr wie leere Hosentaschen hingen, die einer nach außen kehrt, um zu zeigen, daß er nichts hat. Sie hatte ihm immer den Eindruck gemacht, sie habe ein ganz selbstverständliches Verhältnis zu ihrem Körper, im guten wie im schlechten. Erst nach ihrem Tod, als er durch eine angelegentliche Bemerkung des Arztes von der vermiedenen Operation erfuhr, fragte er sich, ob das, was er für ein selbstverständliches Verhältnis gehalten hatte, nicht lange ein verwöhntes und am Ende ein resigniertes gewesen war.

Er machte sich Vorwürfe, daß er damals, als die Operation anstand, nichts gemerkt hatte und daß sie nicht mit ihm hatte reden, ihre Angst teilen und ihre Entscheidung finden wollen.

Quand le médecin avait constaté la présence d'un nodule dans son sein droit et avait conseillé une opération, par peur qu'on ne lui enlève le sein elle n'était plus retournée chez lui. Et pourtant elle n'avait jamais fait la fière avec ses seins hauts, pleins et fermes, et elle ne s'était pas plainte non plus quand elle avait tant maigri dans les mois qui avaient précédé sa mort et que ses seins pendaient sur sa poitrine comme des poches de pantalon vides qu'on retourne vers l'extérieur pour montrer qu'on ne possède rien. Elle lui avait toujours donné l'impression qu'elle avait un rapport tout à fait naturel à son corps, pour le meilleur et pour le pire. C'est seulement après qu'elle fut morte, lorsqu'il apprit par une remarque occasionnelle du médecin l'histoire de l'opération refusée, qu'il se demanda si ce qu'il avait considéré comme un rapport naturel n'avait pas été longtemps un rapport de complaisance et à la fin un rapport de résignation.

Il se faisait des reproches parce qu'à l'époque, quand l'opération était à l'ordre du jour, il n'avait rien remarqué et parce qu'elle n'avait pas voulu en parler, partager sa peur avec lui et parvenir avec lui à une décision.

Damals — er hatte keine spontane Erinnerung an die Zeit, zu der sie die Nachricht vom Knoten und die Aufforderung zur Operation bekommen haben mußte. Er fügte die Erinnerung Stück um Stück zusammen und fand nichts Auffälliges. Sie waren einander damals so vertraut wie immer, er war beruflich weder besonders stark unter Druck noch besonders viel auf Reisen gewesen, und auch sie hatte ihren Beruf versehen wie immer. Sie war Geigerin im städtischen Orchester, zweite Geige, erstes Pult, und gab daneben Unterricht. Ihm fiel ein, daß sie damals nach Jahren, in denen sie nur davon geredet hatten, sogar wieder gemeinsam musizierten, die Sonate »La folia« von Corelli.

Über den Erinnerungen verstummten seine Selbstvorwürfe und machten einem Unbehagen Platz, das der Vertrautheit zwischen ihm und ihr galt. Hatte er sich etwas vorgemacht? Waren sie einander gar nicht so vertraut gewesen? Aber woran sollte es gemangelt haben? Hatten sie nicht ein gutes Leben gehabt? Und sie hatten miteinander geschlafen, bis sie schwer krank wurde, und geredet bis zu ihrem Tod.

À l'époque? Il n'avait pas de souvenir spontané du moment où elle avait dû apprendre la présence du nodule et où l'on avait dû lui conseiller l'opération. Il reconstituait le souvenir morceau par morceau et ne trouvait rien de frappant. Ils étaient aussi proches l'un de l'autre que toujours, il n'était ni particulièrement stressé sur le plan professionnel ni spécialement souvent parti en voyage, et elle aussi avait exercé son métier comme toujours. Elle était violoniste à l'orchestre municipal, second violon, premier pupitre, et elle donnait en plus des cours. Il lui revint à l'esprit qu'à l'époque, après des années où ils n'avaient fait qu'en parler, ils avaient même rejoué ensemble : la sonate *La follia* de Corelli.

Ces souvenirs imposaient le silence aux reproches qu'il se faisait, les remplaçant par un malaise qui portait sur leur intimité. S'était-il fait des illusions? N'avaient-ils en fait pas vécu si proches l'un de l'autre? Mais qu'est-ce qui aurait pu manquer? N'avaient-ils pas eu une belle vie? Et ils avaient fait l'amour jusqu'à ce qu'elle devienne gravement malade, et ils avaient parlé ensemble jusqu'à sa mort.

Auch das Unbehagen verschwand. Oft hatte er ein Gefühl der Leere, bei dem er selbst nicht wußte, was ihm fehlte. Auch wenn ihm unvorstellbar war, die Probe aufs Exempel zu machen, fragte er sich dann, ob er wirklich seine Frau vermißte oder nicht einfach einen warmen Körper im Bett und jemanden, mit dem er ein paar Worte wechseln konnte, der leidlich interessant fand, was er zu sagen hatte, und dem umgekehrt er mit leidlichem Interesse zuhören mochte. Er fragte sich auch, ob die Sehnsucht, die er gelegentlich nach seiner Arbeit hatte, wirklich seiner Arbeit galt und nicht vielmehr einem beliebigen sozialen Kontext und einer Rolle, die er gut spielen konnte. Er wußte, daß er langsam war, langsam im Wahrnehmen und im Verarbeiten, langsam im Sicheinlassen wie im Sichlösen.

Manchmal war ihm, als sei er aus seinem Leben gefallen, falle immer noch, werde aber bald unten anlangen und könne unten wieder von vorne anfangen, ganz klein, aber von vorne.

Le malaise disparut lui aussi. Il avait souvent un sentiment de vide sans savoir lui-même ce qui lui manquait. Même s'il ne pouvait s'imaginer de faire la contre-épreuve, il se demandait alors si c'était vraiment sa femme qui lui manquait et non simplement un corps tiède dans le lit et quelqu'un avec qui il pouvait échanger quelques mots, qui trouvait relativement intéressant ce qu'il avait à dire et qu'il pouvait inversement écouter avec un relatif intérêt. Il se demandait également si la nostalgie qu'il éprouvait à l'occasion pour son travail portait vraiment sur son travail et non plutôt sur un contexte social quelconque et sur un rôle qu'il savait bien jouer. Il savait qu'il était lent, lent à percevoir les choses comme à les assimiler, lent pour s'impliquer comme pour se détacher.

Parfois, il avait l'impression qu'il était tombé hors de sa vie, qu'il continuait à tomber, mais qu'il arriverait bientôt en bas et qu'une fois en bas il pourrait repartir de zéro, modestement, mais repartir.

Eines Tages kam ein Brief für seine Frau, dessen Absender er nicht kannte. Immer wieder einmal kam Post für sie, Drucksachen, Rechnungen für Zeitschriften und Mitgliedschaften, der Brief einer Freundin, an die er beim Verschicken der Todesanzeigen nicht gedacht hatte, an die er sich angesichts des Briefs aber sofort erinnerte, die Todesanzeige eines ehemaligen Kollegen oder eine Einladung zu einer Vernissage.

Der Brief war kurz, in flüssiger Schrift mit Füller geschrieben.

Liebe Lisa,
Du findest, ich hätte es Dir damals nicht so schwer machen sollen, ich weiß. Ich stimme Dir nicht zu, auch heute nicht. Und doch bin ich, wie ich damals nicht wußte und heute weiß, schuldig geworden. Auch Du bist es. Wie lieblos sind wir beide damals mit unserer Liebe umgegangen! Wir haben sie erstickt, Du mit Deiner Ängstlichkeit und ich mit meinen Forderungen, und hätten sie wachsen und blühen lassen können.

Un jour arriva une lettre pour sa femme, lettre dont il ne connaissait pas l'expéditeur. Il arrivait toujours de temps en temps du courrier pour elle, des imprimés, des appels de cotisation pour des revues ou des associations dont elle était membre, la lettre d'une amie à qui il n'avait pas pensé quand il avait envoyé les faire-part, mais dont alors il se souvenait immédiatement, ou encore le faire-part de décès d'un ancien collègue ou une invitation à un vernissage.

La lettre était courte, écrite d'une plume aisée, au stylo.

Chère Lisa,
Tu trouves que je n'aurais pas dû te rendre les choses aussi difficiles à l'époque, je le sais. Je ne suis pas d'accord avec toi, même aujourd'hui. Et pourtant, puisque je ne le savais pas à l'époque comme je le sais aujourd'hui, je me suis rendu coupable. Et toi aussi. Comme nous avons tous les deux traité sans amour notre amour, à l'époque! Nous l'avons étouffé, toi avec ta peur et moi avec mes exigences, alors que nous aurions pu le laisser croître et fleurir.

Es gibt die Sünde des ungelebten Lebens, der ungeliebten Liebe. Du weißt, daß eine gemeinsam begangene Sünde die, die sie gemeinsam begangen haben, auf immer verbindet?

Vor ein paar Jahren habe ich Dich gesehen. Es war bei einem Gastspiel Deines Orchesters in meiner Stadt. Du bist älter geworden. Ich habe Deine Falten und die Müdigkeit Deines Körpers gesehen und an Deine Stimme gedacht, wie sie in Ängstlichkeit und Abwehr schrill wird. Aber es hat nichts geholfen; wenn es sich ergeben hätte, wäre ich mit Dir wieder einfach ins Auto gestiegen oder in den Zug und losgefahren und hätte wieder Nächte und Tage im Bett mit Dir verbracht.

Du kannst mit meinen Gedanken nichts anfangen? Aber mit wem soll ich sie teilen, wenn nicht mit Dir!

Rolf

Die Anschrift im Absender lautete auf eine große Stadt im Süden. Als er den Brief gelesen hatte, holte er einen Plan der Stadt, suchte die Straße und fand sie an einem Park. Er stellte sich den Schreiber des Briefs vor, am Schreibtisch mit Blick auf den Park. Er selbst sah in die Wipfel der Bäume an der Straße vor seinem Haus. Sie waren noch kahl.

Il existe le péché de la vie non vécue, de l'amour non aimé. Tu sais qu'un péché commis ensemble lie pour toujours ceux qui l'ont commis ?

Il y a quelques années, je t'ai vue. C'était lors d'une tournée de ton orchestre, qui jouait dans ma ville. Tu as vieilli. J'ai vu tes rides et la fatigue de ton corps, et j'ai pensé à ta voix, qui devient perçante dans l'expression de la peur et du refus. Mais ça n'a servi à rien ; si les circonstances l'avaient voulu, je serais tout simplement monté avec toi en voiture ou dans le train, et nous serions partis, et j'aurais de nouveau passé des nuits et des journées au lit avec toi.

Tu ne peux rien faire de mes pensées ? Mais avec qui les partager, sinon avec toi ?

Rolf

L'adresse de l'expéditeur indiquait une grande ville du Sud. Après avoir lu la lettre, il dénicha un plan de la ville, chercha la rue et la trouva, près d'un parc. Il imagina l'auteur de la lettre, assis à son bureau, avec vue sur le parc. Lui-même voyait les cimes des arbres au bord de la rue, devant sa maison. Elles étaient encore sans feuilles.

Er kannte die Stimme seiner Frau nicht schrill. Er hatte nie Nächte und Tage im Bett mit ihr verbracht. Er war mit ihr nie einfach ins Auto oder in den Zug gestiegen und losgefahren. Er war zuerst nur verwundert, dann fühlte er sich betrogen und bestohlen; seine Frau hatte ihn um etwas betrogen, was ihm gehört hatte oder doch gebührt hätte, und der andere Mann hatte es ihm gestohlen. Er wurde eifersüchtig.

Es blieb nicht bei der Eifersucht auf das, was seine Frau mit dem anderen geteilt und was er nicht gekannt hatte. Woher sollte er wissen, ob sie ihm die Eine und dem Anderen eine Andere gewesen war? Vielleicht war sie dem Anderen auch die gewesen, die sie ihm gewesen war. Wenn Lisa und er in einem Konzert waren und ihre Hände sich fanden, weil sie beide das Stück mochten, wenn er ihr beim morgendlichen Schminken zusah und sie ihm einen kleinen Blick und ein kleines Lächeln zuwarf, ehe sie wieder mit Konzentration auf ihr Bild im Spiegel schaute, wenn sie morgens aufwachte und sich zugleich an ihn kuschelte und von ihm weg reckte und streckte, wenn er ihr von einem Problem seiner Arbeit erzählte und sie scheinbar kaum zuhörte,

Il ne connaissait pas de voix perçante chez sa femme. Il n'avait jamais passé avec elle des nuits et des journées au lit. Il n'était jamais simplement monté en voiture ou dans le train avec elle et parti à l'aventure. Il fut d'abord seulement étonné, puis il se sentit trompé et volé, sa femme l'avait trompé en lui dérobant quelque chose qui lui appartenait ou qui lui revenait, et c'était l'autre homme qui le lui avait volé. Il devint jaloux.

Cela n'en resta pas à la jalousie quant à ce que sa femme avait partagé avec l'autre et que lui n'avait pas connu. Comment savoir si elle avait été l'une pour lui et une autre pour l'autre ? Peut-être qu'elle avait été également pour l'autre celle qu'elle avait été pour lui. Quand Lisa et lui assistaient à un concert et que leurs mains se rejoignaient parce qu'ils aimaient tous les deux le morceau joué, quand il la regardait se maquiller le matin et qu'elle lui lançait un petit regard et un petit sourire avant de contempler de nouveau avec concentration son reflet dans le miroir, quand elle se réveillait le matin et qu'à la fois elle se blottissait contre lui et s'étirait pour s'écarter de lui, quand il lui parlait d'un problème qu'il avait rencontré dans son travail et qu'apparemment elle écoutait d'une oreille distraite,

um ihn Stunden oder Tage später mit einer Bemerkung zu überraschen, die ihre Aufmerksamkeit und Anteilnahme zeigte — in solchen Situationen hatte sich ihm die Vertrautheit ihres gemeinsamen Lebens offenbart. Daß es eine exklusive Vertrautheit sei, hatte sich für ihn von selbst verstanden. Jetzt aber war ihm nichts mehr selbstverständlich. Warum sollten sie und der Andere nicht ebenso vertraut miteinander gewesen sein? Warum sollte sie nicht auch mit dem Anderen Hand in Hand im Konzert gesessen haben, nicht auch ihm beim Schminken zugeblinzelt und zugelächelt, nicht auch in seinem Bett und an ihn sich gekuschelt, gereckt und gestreckt haben?

4

Der Frühling kam, und er wachte morgens vom Zwitschern der Vögel auf. Es war jeden Morgen dasselbe. Er wachte auf, glücklich, die Vögel zu hören und den Schein der Sonne im Zimmer zu sehen, und für einen Moment schien die Welt in Ordnung.

puis le surprenait des heures ou des jours plus tard par une remarque qui témoignait de son attention et de son intérêt — dans de telles situations, il avait eu la révélation de la profonde intimité qui marquait leur vie commune. Il s'agissait d'une intimité exclusive, cela avait été pour lui une évidence. Mais à présent plus rien n'était évident. Pourquoi elle et l'autre n'auraient-ils pas partagé la même intimité? Pourquoi n'aurait-elle pas également été assise au concert la main dans la main de l'autre, pourquoi ne lui aurait-elle pas lancé en se maquillant des clins d'œil et des sourires, pourquoi ne se serait-elle pas blottie et étirée contre l'autre dans son lit?

4

Et puis vint le printemps, et il fut réveillé le matin par le gazouillis des oiseaux. C'était tous les matins la même chose. Il se réveillait, heureux d'entendre les oiseaux et de voir dans la chambre la lumière du soleil, et pour un moment le monde semblait en ordre.

Aber dann kam es ihm wieder in den Sinn: der Tod seiner Frau, der Brief des Anderen, die Affäre der beiden und daß seine Frau in dieser Affäre eine ganz andere als die, die ihm vertraut war, und überdies auch noch genau die gewesen sein mußte. Affäre — so hatte er das, was der Brief enthüllte, zu nennen begonnen, und aus der Frage, ob seine Eifersucht doppelten Anlaß habe, hatte er die Gewißheit gemacht, daß es so sei. Manchmal fragte er sich, was schlimmer sei: daß der, den man liebt, mit einem anderen ein anderer oder daß er eben der ist, der einem vertraut ist. Oder ist das eine so schlimm wie das andere? Weil einem so oder so etwas gestohlen wird — das, was einem gehört, und das, was einem gehören sollte?

Es war wie bei einer Krankheit. Auch der Kranke wacht auf und braucht einen Moment, bis er wieder weiß, daß er krank ist. Und wie eine Krankheit vergeht, vergehen auch Trauer und Eifersucht. Das wußte er, und er wartete darauf, daß es ihm bessergehe.

Mit dem Frühling wurden seine Spaziergänge länger. Sie bekamen Ziele.

Mais ensuite tout lui revenait à l'esprit : la mort de sa femme, la lettre de l'autre, leur aventure à tous deux et le fait que dans cette aventure sa femme avait été certainement toute différente de celle qu'il connaissait bien et, en plus, en même temps avait été exactement la même. Une aventure — c'est ainsi qu'il avait commencé à nommer ce que la lettre révélait, et, après s'être demandé si sa jalousie avait une double raison d'être, il en était venu à la certitude que c'était bien le cas. Parfois, il se demandait ce qui était pire : que l'être aimé soit autre avec un autre, ou qu'avec un autre il soit justement celui qu'on connaît bien. Ou bien l'un des cas est-il aussi terrible que l'autre, parce que de toute façon on vous vole quelque chose : ce qui vous appartient ou ce qui devrait vous appartenir ?

C'était comme dans une maladie. Le malade aussi se réveille et a besoin d'un moment avant de savoir de nouveau qu'il est malade. Et de même qu'une maladie finit par guérir, le deuil et la jalousie passent. Il le savait, et il attendait d'aller mieux.

Avec le printemps, ses promenades devinrent plus longues. Elles commencèrent à avoir des buts.

Er ging nicht mehr einfach drauflos, sondern über die Felder zu der Schleuse in der Ebene oder durch die Wälder zu der Burg über dem Fluß oder zwischen blühenden Obstbäumen entlang den Bergen zu einer benachbarten kleinen Stadt, wo er einkehrte und für den Heimweg den Zug nahm. Immer häufiger kam es vor, daß er am späten Nachmittag die übliche Flasche Sekt aus dem Kühlschrank holte und wieder zurücklegte. Immer häufiger fand er sich auch in Gedanken an etwas, das nicht mit seiner Frau, ihrem Tod, dem Anderen und der Affäre zu tun hatte.

Eines Samstags ging er in die Stadt. Er hatte dazu in den letzten Monaten keinen Anlaß gehabt. Da, wo er wohnte, gab es eine Bäckerei und einen Lebensmittelladen, und mehr hatte er nicht gebraucht. Als er dem Zentrum näher kam, der Verkehr und das Geschiebe und Gedränge der Menschen dichter wurden, Geschäft sich an Geschäft reihte, die Luft erfüllt war von den Stimmen der Menschen, dem Rauschen des Verkehrs, den Melodien von Straßenmusikanten und Rufen von Straßenhändlern, bekam er Angst.

Il ne partait plus au hasard droit devant lui, mais à travers champs pour aller jusqu'à l'écluse dans la plaine, ou bien à travers les bois jusqu'au château fort au-dessus de la rivière, ou bien entre des arbres fruitiers en fleur en longeant les collines jusqu'à une petite ville voisine où il descendait à l'hôtel pour revenir ensuite par le train. Il lui arrivait de plus en plus souvent, en fin d'après-midi, de prendre son habituelle bouteille de mousseux dans le réfrigérateur et de la remettre en place. De plus en plus souvent aussi, il se surprenait à penser à quelque chose qui n'avait rien à voir avec sa femme, sa mort, l'autre et leur aventure.

Un samedi, il alla en ville. Pendant les derniers mois, il n'avait pas eu l'occasion de le faire. Là où il habitait, il y avait une boulangerie et un magasin d'alimentation, et il n'avait pas eu besoin de plus. Comme il s'approchait du centre, que la circulation, la presse et la bousculade devenaient plus denses, que les magasins s'alignaient les uns à côté des autres, que l'air était rempli par les voix des gens, par le bruissement de la circulation, par les mélodies des musiciens des rues et par les cris des marchands ambulants, il commença à avoir peur.

Er fühlte sich von den Menschen, ihrer Geschäftigkeit und ihren Geräuschen bedrängt. Er ging in eine Buchhandlung, aber auch hier war es voll und drängten sich Menschen vor den Regalen, Tischen und der Kasse. Eine Weile stand er im Bereich der Tür und konnte sich weder entschließen, weiter hinein- noch hinauszugehen, stand anderen im Weg, wurde angerempelt und bekam ärgerliche Entschuldigungen zu hören. Er wollte nach Hause, hatte aber nicht die Kraft, auf die Straße zu treten und nach Hause zu laufen, in die Straßenbahn zu steigen oder eine Taxe zu suchen. Er hatte sich für stärker gehalten. Wie ein Genesender, der sich übernimmt und einen Rückfall erleidet, würde er mit dem Gesundwerden wieder von vorne anfangen müssen.

Als er es schließlich in die Straßenbahn geschafft hatte, stand eine junge Frau auf und bot ihm ihren Platz an. »Ist Ihnen nicht gut? Schon in der Buchhandlung standen Sie da, daß man Sorge um Sie haben mußte.« Er erinnerte sich nicht, sie in der Buchhandlung gesehen zu haben. Er dankte ihr und setzte sich. Die Angst ließ nicht nach.

Il se sentait oppressé par les gens, par leur affairement et par leurs bruits. Il entra dans une librairie, mais ici aussi c'était bondé et les gens se pressaient devant les étagères, les tables et la caisse. Pendant un moment, il resta à proximité de la porte, ne pouvant se décider ni à entrer vraiment ni à sortir, il était sur le trajet des autres, il fut bousculé et essuya des excuses hargneuses. Il voulait rentrer chez lui, mais il n'avait pas la force d'aller dans la rue et de marcher jusqu'à la maison, ni de monter dans le tramway ou de chercher un taxi. Il s'était cru plus fort que ça. Comme un convalescent qui se surmène et qui fait une rechute, il allait devoir recommencer à zéro le processus de guérison.

Quand il eut finalement réussi à monter dans le tramway, une jeune femme se leva et lui offrit sa place. «Vous ne vous sentez pas bien? À la librairie déjà, vous restiez planté là, que c'en était inquiétant.» Il ne se rappelait pas l'avoir vue à la librairie. Il la remercia et s'assit. La peur ne cédait pas de terrain.

Mit dem Gesundwerden wieder von vorne anfangen müssen — hieß das, daß er jetzt unten angelangt war? Er hätte es gerne geglaubt, hatte aber das Gefühl, noch tiefer zu fallen.

Zu Hause legte er sich am hellen Tag ins Bett. Er schlief ein und wachte nach ein paar Stunden auf. Es war immer noch hell, und die Angst war weg.

Er setzte sich an den Schreibtisch, nahm ein Blatt Papier und schrieb ohne Datum und ohne Anrede.

Ihr Brief kam an. Aber er erreichte die, der Sie ihn geschrieben haben, nicht mehr. Lisa, die Sie gekannt und geliebt haben, ist tot.

B.

BB hatten seine Frau und Freunde ihn lange genannt, bis irgendwann B daraus geworden war. Mit B für Benner hatte er im Amt seine Vermerke und Verfügungen gezeichnet. Mit B für Bengt hatte er sich angewöhnt, auch privat zu unterschreiben, auch an seine Kinder, die Papa früher liebevoll Baba ausgesprochen hatten, wie es dem weichen Dialekt entsprach.

Recommencer à zéro le processus de guérison — cela voulait-il dire qu'il était maintenant arrivé en bas ? Il l'aurait volontiers cru, mais il avait le sentiment d'être en train de tomber encore plus bas.

Une fois chez lui, il se mit au lit en plein jour. Il s'endormit et se réveilla au bout de quelques heures. Il faisait encore jour, et la peur avait disparu.

Il s'assit à son bureau, prit une feuille de papier et écrivit, sans date ni formule liminaire :

Votre lettre est arrivée. Mais elle n'est pas parvenue à celle à qui vous l'avez écrite. La Lisa que vous avez connue et aimée est morte.

B.

Sa femme et ses amis l'avaient longtemps appelé BB, jusqu'à ce qu'un jour cela devienne B. Au bureau, il avait signé ses annotations et ses instructions d'un B pour Benner. Il avait pris l'habitude de signer également en privé d'un B pour Bengt, son prénom, même pour ses enfants, qui prononçaient autrefois avec amour baba pour papa, conformément aux consonances douces du dialecte local.

Er mochte, daß das eine B so vielen Rollen gerecht wurde.

Er steckte das Blatt in einen Umschlag, adressierte und frankierte ihn und warf ihn ein paar Straßen weiter in den Briefkasten.

5

Drei Tage später fand er eine Antwort.

Braune! Du willst die Lisa nicht mehr sein, die ich geliebt habe? Sie soll für mich gestorben sein?

Wie gut verstehe ich Deinen Wunsch, die Vergangenheit totzuschweigen, wenn sie schmerzhaft in die Gegenwart reicht. Aber sie kann nur in die Gegenwart reichen, wenn sie noch lebendig ist. Unsere gemeinsame Vergangenheit ist für Dich noch so lebendig wie für mich — wie gut das tut! Und wie gut, daß Du, die auf meine Briefe damals nie geantwortet hat, mir jetzt geschrieben hast. Und daß Du meine Braune geblieben bist, wenn Du Dich auch in der Abkürzung versteckst.

Dein Brief hat mich glücklich gemacht.

Rolf

Il lui plaisait qu'un seul et même B réponde à tant de rôles.

Il mit la feuille dans une enveloppe qu'il affranchit après avoir inscrit l'adresse, et il la jeta à la boîte quelques rues plus loin.

5

Trois jours plus tard, il trouva une réponse.

Ma brune ! Tu ne veux plus être la Lisa que j'ai aimée ? Elle serait morte pour moi ?

Comme je comprends ton désir d'imposer un silence de mort au passé quand il resurgit douloureusement dans le présent ! Mais il ne peut resurgir que s'il est encore vivant. Notre passé commun est encore aussi vivant pour toi que pour moi — comme cela fait du bien ! Et comme il est bien que toi qui à l'époque n'as jamais répondu à mes lettres, tu m'aies écrit maintenant ! Et que tu sois restée ma brune, même si tu te dissimules derrière l'abréviation.

Ta lettre m'a rendu heureux.

Rolf

Braune? Ja, sie hatte braune Augen gehabt und braune Locken, braune Härchen auf Armen und Beinen, die im Sommer, wenn ihre Haut braun wurde, blond bleichten, und viele braune Muttermale. Meine braune Schöne hatte er sie manchmal bewundernd genannt. Braune — das war etwas anderes. Es war knapp, herrisch, besitzergreifend. Braune — das war die Stute, der man die Nüstern streichelt, die Seite tätschelt, um sich auf sie zu schwingen und ihr den Druck der Schenkel zu geben.

Er ging an den Sekretär seiner Frau, ein Möbel aus dem Biedermeier. Er wußte, daß es ein Geheimfach hatte. Als er nach ihrem Tod ihre Sachen durchgesehen hatte, hatte er sich gescheut, danach zu suchen. Jetzt räumte er alle Fächer leer, zog alle Schubladen heraus, fand die Wand, hinter der sich das Geheimfach befinden mußte, und nach einer Weile auch die Leiste, die er zu drücken hatte, um mit der Wand einen Kubus so um seine Achse drehen zu können, daß er ein Tür zeigte. Sie war verschlossen, er brach sie auf.

Sa brune ? Oui, elle avait des yeux bruns et des boucles brunes, des petits poils bruns sur les bras et sur les jambes, des poils qui blondissaient en été, quand sa peau bronzait, et de nombreux grains de beauté bruns. Il l'appelait quelquefois avec admiration ma belle brune. Ma brune — c'était différent. C'était bref, dominateur, possessif. La brune — c'était la jument à qui on caresse les naseaux, à qui on tapote le flanc pour la monter et lui faire sentir la pression de ses cuisses.

Il alla jusqu'au secrétaire de sa femme, un meuble de style 1830. Il savait qu'il avait un compartiment secret. Quand il avait examiné ses affaires après sa mort, il avait eu scrupule à le chercher. À présent, il vida tous les casiers, sortit tous les tiroirs, trouva la paroi derrière laquelle se trouvait certainement le compartiment secret, et au bout d'un moment également la moulure sur laquelle il fallait appuyer pour pouvoir faire tourner, avec la paroi, un cube autour de son axe, découvrant ainsi une porte. Elle était fermée à clef, il la força.

Ein Bündel Briefe mit rotem Band — am Poststempel sah er, daß es die Briefe der Jugendliebe waren, von der seine Frau ihm erzählt hatte. Ein Poesie- oder Fotoalbum mit Lederriemen und Schloß. Bei einem anderen Bündel mit grünem Band erkannte er die Schrift ihrer Eltern. Er erkannte auch die Schrift des Anderen. Vier Briefe waren von einer großen Briefklammer zusammengehalten. Er nahm sie mit zu seinem Platz am Fenster, einem Ohrensessel und einem Nähtisch, Biedermeiermöbel wie der Sekretär und mit ihm vor der Hochzeit gemeinsam mit Lisa gekauft. Er setzte sich und las.

Lisa,
es ist anders geworden, als Du es Dir am Anfang vorgestellt hattest, schwerer. Ich weiß, daß es Dir manchmal Angst macht und Du weglaufen möchtest. Aber Du darfst nicht weglaufen. Und Du mußt es auch nicht. Ich bin bei Dir, auch wenn ich nicht bei Dir bin.

Zweifelst Du an meiner Liebe, weil ich's Dir nicht leichter mache? Es steht nicht in meiner Macht.

Une liasse de lettres nouée d'un ruban rouge : le cachet de la poste lui montra qu'il s'agissait des lettres d'un amour de jeunesse dont sa femme lui avait parlé. Un album de poèmes ou de photos, avec une courroie de cuir et une serrure. Sur une autre liasse de lettres, nouée d'un ruban vert, il reconnut l'écriture des parents de sa femme. Il reconnut également l'écriture de l'autre. Quatre lettres étaient retenues ensemble par une grande pince. Il les emporta à sa place près de la fenêtre, un fauteuil à oreilles et une table à couture, des meubles de style 1830 comme le secrétaire, achetés par lui et Lisa avant leur mariage. Il s'assit et lut.

Lisa,
Les choses sont devenues autres que tu ne l'imaginais au début, plus difficiles. Je sais que quelquefois cela te fait peur et que tu voudrais partir. Mais tu n'as pas le droit de partir. Et tu n'as rien non plus qui t'y oblige. Je suis près de toi, même quand je ne suis pas près de toi.
Doutes-tu de mon amour parce que je ne t'ai pas rendu les choses plus faciles ? Cela n'est pas en mon pouvoir.

Ja, auch ich hätte lieber, wenn es einfach für uns wäre, wenn wir miteinander und füreinander leben könnten und nichts sonst. Aber so ist die Welt nicht. Und doch ist sie wunderbar; sie hat uns einander finden und lieben lassen.

Ich kann Dich nicht lassen, Lisa.

Rolf

Nein, Lisa, nicht wieder. Wir hatten es vor einem Jahr und vor einem halben, und Du weißt, daß ich Dich nicht lassen kann. Ich kann nicht ohne Dich. Und Du kannst nicht ohne mich. Nicht ohne meine Liebe, nicht ohne die Lust, die ich Dir gebe. Wenn Du mich verläßt und ich stürze, rettungs- und bodenlos, reiße ich Dich mit hinab. Laß es dazu nicht kommen. Bleib die Meine, wie ich der Deine bleibe,

Dein Rolf

Du bist nicht gekommen. Ich habe auf Dich gewartet, Stunde um Stunde, und Du bist nicht gekommen. Nun ja, sie schafft's eben nicht pünktlich, habe ich mir zuerst gedacht und dann mir Sorgen gemacht und dann herumtelefoniert und dann von Deiner Putzfrau erfahren, daß Du nicht ans Telefon kommen kannst. Von Deiner Putzfrau!

Oui, j'aimerais mieux moi aussi que les choses soient plus simples pour nous, que nous puissions vivre l'un avec l'autre et l'un pour l'autre, tout simplement. Mais le monde n'est pas fait ainsi. Et pourtant il est merveilleux ; il nous a fait nous rencontrer et nous aimer.

Je ne peux pas te quitter, Lisa.

Rolf

Non, Lisa, ne recommence pas. Nous avons déjà vécu ça il y a un an et il y a six mois, et tu sais que je ne peux pas te quitter. Je ne peux pas vivre sans toi. Et tu ne peux pas vivre sans moi. Pas sans mon amour, pas sans le plaisir que je te donne. Si tu me quittes et que je m'effondre, sans espoir d'être sauvé et sans sol sous moi, je t'entraînerai dans ma chute. Ne laisse pas les choses en venir là. Reste à moi comme je reste à toi.

Ton Rolf

Tu n'es pas venue. Je t'ai attendue, heure après heure, et tu n'es pas venue. Bon, eh bien, me suis-je dit d'abord, elle n'arrivera pas à l'heure, et puis je me suis fait du souci, et puis j'ai téléphoné par-ci, par-là, et puis j'ai appris par ta femme de ménage que tu ne pouvais pas venir au téléphone. Par ta femme de ménage !

Du bist nicht nur nicht gekommen. Du hast Dich von Deiner Putzfrau vor mir verleugnen lassen.

Ich bin voller Zorn, verzeih. Ich habe kein Recht, zornig auf Dich zu sein. Es war alles zuviel für Dich, konnte so nicht weitergehen, mußte sich ändern, und Du hast mir das nur zeigen können, indem Du nicht gekommen bist. Und ich habe es wohl auch nur so begreifen können.

Ich habe es begriffen, Lisa. Laß uns für eine Weile alles vergessen, was uns belastet. Du bist nächste Woche mit dem Orchester in Kiel — häng einen oder zwei Tage dran, Tage nur für uns. Und laß mich bald von Dir hören.

Rolf

Die Putzfrau, die Putzfrau! Ist sie jeden Tag bei euch? Jedenfalls ist sie jedesmal dran, wenn ich anrufe. Oder Dein Mann — bald wird er sich über den abendlichen Anrufer wundern, der immer auflegt, wenn er sich meldet. Ach, Lisa. Das Scheitern meiner Anrufe hat etwas Groteskes, Komisches. Laß uns mit der Groteske Schluß machen und über die Komik lachen, zusammen lachen, im Bett zusammen lachen, schmusen und lachen und wieder schmusen und wieder lachen und...

Non seulement tu n'es pas venue, mais tu as fait répondre par ta femme de ménage.

Je suis rempli de colère, pardonne-moi. Je n'ai pas le droit d'être en colère contre toi. Tout cela a été trop pour toi, ça ne pouvait pas continuer comme ça, il fallait que ça change, et tu n'as pu me le montrer qu'en ne venant pas. Et c'était d'ailleurs probablement le seul moyen pour que je le comprenne.

Je l'ai compris, Lisa. Oublions quelque temps tout ce qui pèse sur nous. Tu seras la semaine prochaine avec ton orchestre à Kiel — ajoutes-y un ou deux jours, des jours uniquement pour nous. Et donne-moi bientôt de tes nouvelles.

Rolf

La femme de ménage, la femme de ménage! Est-elle tous les jours chez vous? En tout cas, elle est toujours au bout du fil quand je téléphone. Ou alors c'est ton mari — il se posera bientôt des questions sur cet homme qui appelle le soir et qui raccroche toujours quand il répond. Ah, Lisa. L'échec de mes appels a quelque chose de grotesque, de comique. Mettons un point final à ce grotesque et rions du comique, rions ensemble, rions ensemble au lit et faisons des câlins, rions et faisons de nouveau des câlins, et puis rions encore et...

*Ich bin die nächste Woche hier. Ich warte auf
Dich, nicht nur an unserem Tag und zu unserer
Zeit, ich warte jeden Tag und jede Nacht auf
Dich und jede Stunde.*

Rolf

Auf keinen der vier Briefe hatte der Schreiber ein Datum gesetzt. Das Datum des Post-
stempels auf dem ersten Brief lag zwölf Jahre
zurück, auf den drei anderen elf, im Abstand
weniger Tage.

Was war auf den letzten Brief gefolgt?
Hatte Lisa nachgegeben? Hatte der Andere
aufgegeben? Ohne weitere Briefe einfach aufgegeben?

6

Er erinnerte sich gut an die Zeit, aus der
die Briefe stammten. Vor elf Jahren war Wahl,
und obwohl Budenstagsmehrheit und Regie-
rungskoalition gleichblieben, wechselte der
Minister. Der neue ersetzte ihn, der parteilos
war, durch einen parteizugehörigen Beamten
und versetzte ihn in den einstweiligen Ruhe-
stand.

Je serai ici la semaine prochaine. Je t'attendrai,
non seulement à notre jour dit, à notre moment,
mais je t'attendrai tous les jours et toutes les nuits
et à toutes les heures.

Rolf

L'auteur des quatre lettres n'avait jamais indiqué de date. Le cachet de la poste de la première lettre remontait à douze ans, celui des trois autres à onze ans, à quelques jours de distance.

Quelle avait été la suite de la dernière lettre? Lisa avait-elle cédé? L'autre avait-il renoncé? Tout simplement renoncé, sans envoyer d'autres lettres?

6

Il se souvenait bien de l'époque dont étaient datées les lettres. Onze ans auparavant, il y avait les élections, et, bien que la majorité parlementaire et la coalition de gouvernement fussent restées les mêmes, on changea de ministre. Le nouveau ministre le remplaça, lui qui n'était d'aucun parti, et le mit en disponibilité.

Zwar wurde er nach einem Jahr für eine Stelle bei einer staatlichen Stiftung reaktiviert und hatte dort eine interessante Aufgabe. Aber Macht, wie er sie im Ministerium für ein paar Jahre gehabt und genossen hatte, hatte er nicht mehr.

Ja, in den letzten Jahren im Ministerium war er stark unter Druck und viel auf Reisen gewesen und hatte seine Akten auch an den Wochenenden bearbeiten müssen, wenn nicht im Amt, dann zu Hause. Gleichwohl hatte er gedacht, mit Ehe und Familie sei alles in Ordnung; er hatte auch gemeint, er versichere sich dessen in den gelegentlichen Kontakten mit seiner Frau und seinen Kindern hinreichend. Hatte er das wirklich? Ihm war jetzt, als habe er sich damals nicht nur etwas vorgemacht, sondern eigentlich auch schon gewußt, daß er sich etwas vormachte. Ihm kamen Situationen in den Sinn, in denen Lisa abwesend oder abwesend gewesen war. »Was ist?« hatte er gefragt. — »Nichts«, hatte sie geantwortet. — »Es stimmt doch was nicht.« — »Nein, es ist alles in Ordnung. Ich bin nur müde« oder »Ich bekomme nur meine Tage« oder »Ich bin mit den Gedanken beim Orchester« oder »bei einem Schüler«. Et hatte nicht weitergefragt.

Bien sûr, il fut remis en activité au bout d'un an auprès d'une fondation publique où on lui donna un travail intéressant. Mais le pouvoir qu'il avait exercé pendant quelques années au ministère et dont il avait joui, il ne le possédait plus.

Oui, lors de ses dernières années au ministère, il avait subi beaucoup de stress et avait souvent été en voyage, et il devait travailler ses dossiers même pendant les week-ends, au bureau ou à la maison. Il pensait quand même que tout allait bien dans son couple et dans sa famille ; il estimait aussi qu'il s'en assurait suffisamment par ses contacts occasionnels avec sa femme et ses enfants. L'avait-il vraiment fait ? Il lui semblait maintenant qu'il s'était non seulement fait des illusions, mais qu'en fait il avait su qu'il s'en faisait. Il repensa à des situations où Lisa avait un air absent, voire faisait grise mine. « Qu'y a-t-il ? avait-il demandé alors. — Rien, avait-elle répondu. — Je vois bien que quelque chose ne va pas. — Non, tout va bien. Je suis simplement fatiguée. » Ou bien « Je vais avoir mes règles, c'est tout », ou bien « Je pensais à l'orchestre » ou bien « à un élève ». Il avait cessé de poser des questions.

Und dann, als er bald nach dem letzten Brief aus dem Ministerium ausgeschieden war? Beschämt merkte er, daß er aus dem Jahr seines einstweiligen Ruhestands noch weniger Erinnerungen an seine Ehe und seine Familie hatte. Er hatte sich ungerecht behandelt gefühlt, war verletzt gewesen, hatte seine Wunden geleckt und erwartet, daß man, die Welt, der Staat, der Minister, die Freunde, die Frau, die Kinder das Unrecht wiedergutmachen. Er hatte so sehr auf das geschaut, was er von den anderen kriegte oder nicht kriegte, daß er gar nicht gemerkt hatte, wie es um sie stand. Ihm fiel sein Kampf gegen den Lärm der Kinder und ihrer Freunde ein. Der fröhliche Lärm war für ihn nur eine Mißachtung seines Bedürfnisses nach Ruhe gewesen.

Er fand in seinen Erinnerungen nichts, was ihm die Frage beantwortete, ob es zwischen Lisa und dem Anderen nach dem letzten Brief weitergegangen war. Manchmal war Lisa in jenem schwierigen Jahr auf ihn zugegangen, und er hatte sie zurückgestoßen, wenn auch nur, damit sie ihn trotzdem und erst recht liebe — wie ein Kind. Das wußte er noch, aber nicht, was sonst zwischen ihnen gewesen war.

Et ensuite, quand il avait quitté le ministère, peu après la dernière lettre ? Il remarqua à sa grande honte qu'à son année de disponibilité correspondaient encore moins de souvenirs de son couple et de sa famille. Il s'était senti injustement traité, il avait été blessé, il avait léché ses plaies et avait attendu qu'*on* — c'est-à-dire le monde, l'État, le ministre, ses amis, sa femme, ses enfants — qu'*on* répare l'injustice. Il avait tellement prêté attention à ce qu'il recevait ou ne recevait pas des autres qu'il n'avait plus du tout remarqué comment ils allaient, eux. Il songea à son combat contre le bruit que faisaient ses enfants et leurs amis. Ce vacarme joyeux n'était pour lui qu'une violation de son besoin de calme.

Il ne trouvait rien dans ses souvenirs qui pût répondre à sa question : les relations entre Lisa et l'autre avaient-elles continué après la dernière lettre ? Parfois, Lisa était venue vers lui au cours de cette année difficile, et il l'avait repoussée, même si c'était afin qu'elle l'aime vraiment et pour de bon — comme l'aurait fait un enfant. Cela, il le savait encore, mais il ne savait plus quelles avaient été à part ça leurs relations.

Er konnte sich nicht vorstellen, daß sie neben dem Orchester viel Zeit außer Hause verbracht haben sollte, ohne daß er, der stets zu Hause war, es gemerkt hätte. Aber was hatte er in jenem Jahr überhaupt gemerkt!

Er schrieb.

Deine jetzigen Briefe sind wie Deine damaligen: Sie bedrängen mich. Du bedrängst mich. Wenn sich das nicht ändert, ich will sagen, wenn Du das nicht änderst, wirst Du von mir nichts mehr hören. Mach nicht wieder denselben Fehler.

B.

Ihm war nicht wohl. Aber er fand, es komme nicht darauf an. Wohl war ihm auch nicht, wenn er den Brief nicht schrieb. Oder einen anderen schrieb. Lisa hatte sich dem Anderen entzogen, und wenn es dabei geblieben war, wollte er seinen Frieden damit machen. Und wenn es nicht lange gedauert hatte. Und wenn es nicht tief gegangen war.

Il ne pouvait pas s'imaginer qu'en dehors de l'orchestre elle eût beaucoup de temps à passer hors de la maison sans que lui, qui était toujours là, le remarquât. Mais, de toute façon, qu'avait-il remarqué au cours de cette année-là?

Il écrivit.

Tes lettres d'aujourd'hui sont comme celles d'autrefois : elles m'oppressent. Tu m'oppresses. Si cela ne change pas, je veux dire si tu ne changes pas, tu n'auras plus aucune nouvelle de moi. Ne commets pas de nouveau la même erreur.

B.

Il ne se sentait pas bien. Mais il trouvait que ce n'était pas important. Il ne se serait pas senti bien non plus s'il n'avait pas écrit cette lettre. Ou s'il avait écrit une autre lettre. Lisa s'était dérobée à l'autre, et si les choses en étaient restées là, il voulait s'en accommoder. Et si ça n'avait pas duré trop longtemps. Et si ça n'avait pas été trop profond.

Lisa, meine Braune,
sei fair. Ich war damals verzweifelt. *Mein Leben
war verpfuscht, sosehr Du mir geholfen hattest und
ich gekämpft hatte, und dann hast Du mich auch
noch aus Deinem Leben geworfen, wie man einen
streunenden Köter aus seiner Wohnung wirft, und
alle Türen und Fenster verschlossen. Ich wußte mir
nicht zu helfen. Ich wollte Dich nicht bedrängen.
Ich wollte Dich nur erreichen, Dich sehen, mit Dir
reden. Ich erinnere mich nicht mehr genau an den
Inhalt der Briefe, die ich Dir damals geschrieben
habe. Aber ich kann mir nicht vorstellen, daß in
dem, was Dich bedrängend anmutet, nicht meine
Verzweiflung spürbar ist, meine Angst, Dich zu
verlieren oder schon verloren zu haben. Und habe
ich Dich, nachdem ich Dich schließlich am Telefon erreicht und um die Ecke im Regen getroffen
habe und Du mir gesagt hast, daß es aus ist, ein
und für allemal aus, daß Du mich nicht mehr
sehen kannst und willst, nicht in Ruhe gelassen?*

*Aber vielleicht meinst Du ja auch gar nicht
nur das Ende. Meinst Du den Anfang? Als Du
weggelaufen bist und ich hinter Dir hergerannt
bin und dich an der Mauer neben der Kirche
gestellt habe? Ja, wenn ich nicht die Hände*

7

Lisa, ma brune,
sois bonne joueuse. À l'époque, j'étais désespéré.
*Ma vie était foutue, malgré toute l'aide que tu
m'avais apportée et malgré toute la lutte que j'avais
menée, et en plus tu m'as alors rejeté hors de ta vie
comme on jette dehors un chien errant, et tu as
fermé toutes les portes et toutes les fenêtres. Je ne
savais plus quoi faire. Je ne voulais pas faire pression sur toi. Je voulais simplement te joindre, te
voir, parler avec toi. Je ne me souviens plus exactement du contenu des lettres que je t'ai écrites à
l'époque. Mais je ne peux pas m'imaginer que dans
ce qui te semble oppressant on ne puisse sentir mon
désespoir et ma peur de te perdre ou de t'avoir déjà
perdue. Et ne t'ai-je pas laissée en paix après
t'avoir finalement eue au téléphone et t'avoir ren-
contrée au coin de la rue sous la pluie et après que
tu m'as dit que c'était fini, fini une fois pour
toutes, que tu ne pouvais ni ne voulais plus me
voir ?*

*Mais peut-être que tu ne veux pas du tout parler
de la fin. Veux-tu parler du commencement ?
Quand tu es partie en courant et que je t'ai pour-
suivie et que je t'ai coincée contre le mur à côté de
l'église ? Oui, si je n'avais pas appuyé les mains*

neben Dir gegen die Mauer gepreßt und Dich mit meinen Armen eingesperrt hätte, hätte ich Dir nicht sagen können, was ich Dir zu sagen hatte. Aber ich habe Dich nicht angerührt, bis Du mir die Arme um den Hals gelegt hast. Und in unserer ersten Nacht hast auch Du die Arme um mich gelegt — erinnerst Du Dich nicht mehr? Es war kalt, so kalt, daß Du nicht mehr unter der Decke hervorkommen wolltest, und so habe ich mich aufgerichtet und über Dich gebeugt und das Licht neben Dir ausgeknipst, und dann hast Du doch die Arme unter der Decke hervorgestreckt und mich zu Dir genommen.

Ich weiß, Du hast Dich und mich später noch mal und noch mal gefragt, ob ich unsere erste Begegnung nicht von langer Hand eingefädelt, ob ich nicht ein abgekartetes Spiel mit Dir gespielt habe. Ich mochte damals und mag auch heute nicht sagen, daß es Zufall war, daß wir uns begegnet sind. Es war ein Geschenk des Himmels.

Hast Du die Bilder noch? Von den ersten hattest nur Du Abzüge. Ein Kollege von Dir hat sie gemacht, und eines sehe ich vor mir : das Restaurant in Mailand, lauter Musiker um einen großen Tisch und neben Dir ich, gerade von der Oboe von meinem einsamen Tisch an Euren geselligen geholt.

contre le mur à côté de toi et si je ne t'avais pas tenue prisonnière de mes bras, je n'aurais pas pu te dire ce que j'avais à te dire. Mais je ne t'ai pas touchée jusqu'à ce que tu m'aies passé les bras autour du cou. Et lors de notre première nuit, tu as également passé les bras autour de moi — ne t'en souvient-il plus ? Il faisait froid, tellement froid que tu ne voulais plus sortir de dessous la couverture, et donc je me suis redressé et je me suis penché par-dessus ton corps et j'ai éteint la lumière à côté de toi, et alors tu as quand même ressorti les bras de dessous la couverture, et tu m'as attiré vers toi.

Je sais que tu t'es par la suite demandé bien souvent et que tu m'as demandé bien souvent si je n'avais pas arrangé de longue date notre première rencontre, si je n'avais pas joué avec toi avec des cartes biseautées. Je ne voulais pas dire à l'époque, et je ne veux pas non plus le dire aujourd'hui, que notre rencontre était le fruit du hasard. C'était un cadeau du ciel.

As-tu encore les photos ? Des premières, tu étais la seule à avoir des épreuves. C'est un de tes collègues qui les a prises, et il y en a une que je vois encore : le restaurant de Milan, rien que des musiciens autour d'une grande table et moi à côté de toi, que le hautbois venait d'inviter de ma table solitaire à la vôtre, si accueillante.

71

*Die nächsten Bilder sind vom Comer See — ich
habe noch die Negative. Auf einem hat der kleine
Junge vom Obststand auf den Auslöser gedrückt,
und wir schauen verwirrt, verliebt, glücklich und
entschlossen. Auf einem anderen ist das große,
alte, weiße Hotel unserer ersten Nacht zu sehen;
die Berge tragen noch Schnee, und Du lehnst an
unserem Mietwagen und hast das Tuch um den
Kopf gebunden wie Caterina Valente in den fünf-
ziger Jahren. Eines hast Du von mir gemacht,
ohne daß ich's gemerkt habe; ich bin, schon im
Mantel und Aufbruch, auf den Balkon getreten
und schaue auf den See hinunter, auf dem, weil es
noch so kalt ist, kein Schiff und kein Boot unter-
wegs ist. Und das Bild von Dir im Morgenlicht,
zu dem Du mir den silbernen Rahmen geschenkt
hast.*

*Wenn Du Dich von mir bedrängt gefühlt hast,
am Anfang, am Ende, wann auch immer — es
tut mir leid. Ich dachte, wir hätten gemeinsam
unter dem Druck der Situation gestanden und
gelitten, beide nicht so frei füreinander, wie wir
gerne gewesen wären. Wir waren auf verschiedene Weise eingesperrt, und vielleicht hast Du
an Deinem Konflikt schwerer getragen als ich an
meinem. Aber auch ich hatte es mit meinem nicht
leicht, und das schwerste war, daß ich Dich stän-
dig bitten mußte, mir zu helfen.*

Les photos suivantes sont du lac de Côme — j'ai encore les négatifs. Sur l'une des photos, c'est le petit garçon du stand de fruits qui a appuyé sur le bouton, et nous avons un regard égaré, amoureux, heureux et décidé. Sur une autre photo, on voit le grand vieil hôtel blanc de notre première nuit ; les montagnes sont encore enneigées, et tu t'appuies à notre voiture de location, le foulard noué autour de la tête comme Caterina Valente dans les années cinquante. Il y en a une que tu as prise de moi sans que je le remarque ; j'ai déjà passé mon manteau, je suis sur le départ, je me suis avancé sur le balcon et mes regards plongent vers le lac sur lequel ne circulent ni bateaux ni barques, parce qu'il fait encore tellement froid. Et la photo de toi dans la lumière du matin, pour laquelle tu m'as offert le cadre en argent.

Si tu t'es sentie oppressée par moi, au début, à la fin, ou peu importe quand — j'en suis désolé. Je pensais que nous étions exposés tous deux à la pression de la situation, et que nous avions souffert de ne pas être aussi libres l'un pour l'autre que nous aurions aimé l'être. Nous étions tous deux enfermés de manière différente, et tu as peut-être plus souffert de ton conflit que moi du mien. Mais, moi non plus, je n'ai pas eu la vie facile avec mon conflit, et le plus dur a été que je devais sans arrêt te demander de m'aider.

*Ich traue mich nicht, Dich um ein Wieder-
sehen zu bitten. Aber Du sollst wissen, daß ich es
mir sehr wünsche.*

Rolf

Er hatte das Album, als er es im Geheimfach gefunden hatte, wieder zurückgelegt.
Jetzt nahm er es heraus, zerschnitt den Lederriemen und schlug es auf. Auch das Album
fing mit den Bildern der Tischrunde im Mai-
länder Restaurant an : blitzlichtgeblendete
Blicke, alkoholbeschwingte Gesten, leer geges-
sene Schüsseln und Teller, volle und leere
Karaffen, Flaschen und Gläser. Er erkannte
den einen und anderen Kollegen von Lisa.
Sie saß neben einem Mann, den er noch nie
gesehen hatte. Auf jedem Bild lachte er in die
Runde, zu seinem Nachbarn, zu Lisa, in
die Kamera, die Linke mit erhobenem Glas
und die Rechte um Lisas Schultern gelegt.
Dann kamen die Bilder vom Comer See : Lisa
und der Andere neben einem Obststand,
Lisa mit Auto in der Auffahrt eines Hotels
der Jahrhundertende, Lisa neben einer Palme
am See, Lisa an einem Cafétisch, Espresso-
tasse und Wasserglas vor sich, Lisa mit
schwarzer Katze auf dem Arm.

Je n'ose pas te demander de me revoir. Mais il faut que tu saches que je le souhaite ardemment.

Rolf

Il avait reposé l'album à sa place, quand il l'avait trouvé dans le tiroir secret. À présent, il le sortit, coupa la sangle de cuir et l'ouvrit. Lui aussi commençait par les photos de la tablée dans le restaurant de Milan : des regards éblouis par le flash, des gestes pleins de l'élan de l'alcool, des plats et des assiettes vidés, des carafes, des bouteilles et des verres pleins ou vides. Il reconnut tel ou tel collègue de Lisa. Elle était assise à côté d'un homme qu'il n'avait encore jamais vu. Sur chaque photo, il riait à la ronde, regardant son voisin, Lisa, l'appareil photo, levant son verre de la main gauche, le bras droit passé autour des épaules de Lisa. Ensuite venaient les photos du lac de Côme : Lisa et l'autre près d'un stand de fruits, Lisa avec une voiture dans l'entrée du parking d'un hôtel fin de siècle, Lisa près d'un palmier au bord du lac, Lisa à la table d'un café avec devant elle son espresso et son verre d'eau, Lisa avec un chat noir installé sur son bras.

Er fand auch den Anderen auf dem Balkon über dem See. Und er fand Lisa im Bett. Sie lag auf der Seite, Arme und Beine um die Decke geschlungen, und wandte das verschlafene, zufriedene Gesicht der Kamera zu.

Es kamen noch mehr Bilder. Auf manchen erkannte er Häuser, Straßen, Plätze, das Schloß oder eine Kirche der Stadt, in der er lebte. Einige mochten in der Stadt des Anderen aufgenommen worden sein. Kein Bild deutete noch mal auf eine Reise hin. Das letzte Bild zeigte den Anderen in Badehose und mit Handtuch über eine Wiese kommen. Groß, schlank, mit gerader Haltung und festem Gang, mit vollem Haar und weichem Lächeln — er sah gut aus.

8

Er musterte sich im Spiegel. Die weißen Haare auf der Brust, die Alterflecken und -warzen am ganzen Körper, der Speck um die Hüfte, die dünnen Beine und Arme.

Il trouva également l'autre sur le balcon, penché vers le lac. Et il trouva Lisa au lit. Elle était couchée sur le côté, les bras et les jambes enserrant la couverture, et elle tournait vers l'appareil son regard ensommeillé et satisfait.

Il y avait encore d'autres photos. Sur quelques-unes, il reconnut des maisons, des rues, des places, le château ou une église de la ville où il vivait. Certaines avaient peut-être été prises dans la ville de l'autre. Aucune photo ne suggérait un autre voyage. La dernière photo montrait l'autre qui s'approchait sur une pelouse, en maillot de bain et avec une serviette. Grand, svelte, se tenant bien droit et avançant d'une démarche décidée, les cheveux fournis et le sourire doux — il était beau.

8

Il s'examina dans le miroir. Ses poils blancs sur la poitrine, les taches et les verrues du vieillissement sur tout le corps, la graisse sur les hanches, les jambes maigres et les bras maigres.

Der Kopf mit dem schütteren Haar, die tiefen Furchen über der Stirn, zwischen den Brauen und von den Nasenflügeln zu den Mundwinkeln, der schmallippige Mund, die leere Haut unter dem Kinn. Er fand in seinem Gesicht nicht Schmerz oder Trauer oder Zorn, sondern nur Verdruß.

Der Verdruß fraß in ihm und zehrte in kleinen Bissen sein vergangenes Leben auf. Was immer seine Ehe getragen hatte, Liebe, Vertrautheit, Gewohnheit, Lisas Klugheit und Fürsorge, ihr Körper, ihre Rolle als Mutter seiner Kinder — es hatte auch sein Leben außerhalb seiner Ehe getragen. Es hatte ihn getragen sogar bei seinen gelegentlichen Phantasien von einem anderen Leben und anderen Frauen.

Er zog den Bademantel über und rief seine Tochter an. Ob er am nächsten Tag kommen könne? Nicht für lange, nur für ein paar Tage. Nein, er halte es alleine schon noch aus. Er wolle mit ihr reden.

Sie sagte, er solle kommen. Er hörte das Zögern in ihrer Stimme.

Ehe er am nächsten Morgen aufbrach, schrieb er eine Antwort.

La tête avec ses cheveux clairsemés, les profondes rides sur le front, entre les sourcils, et des narines aux commissures des lèvres, la bouche aux lèvres minces, la peau flasque sous le menton. Il ne trouvait sur son visage ni de la souffrance, ni de la tristesse ou de la colère, simplement de la contrariété.

La contrariété le rongeait et dévorait par petits morceaux sa vie passée. Quels que soient les éléments qui avaient porté son mariage — l'amour, l'intimité, l'habitude, l'intelligence et les attentions de Lisa, son corps, son rôle de mère de ses enfants —, tout cela avait également porté la vie qu'il avait en dehors de son mariage. Cela l'avait même porté lorsque à l'occasion il avait rêvé d'une autre vie et d'autres femmes.

Il passa un peignoir et appela sa fille. Pouvait-il venir le lendemain ? Pas pour longtemps, seulement pour quelques jours. Non, il tenait encore le coup tout seul. Il voulait simplement parler avec elle.

Elle dit qu'il n'avait qu'à venir. Il perçut l'hésitation dans sa voix.

Le lendemain matin, avant de se mettre en route, il écrivit une réponse.

Den Anderen anzureden, konnte er sich wieder nicht entschließen; er begann wieder einfach so.

Was Du Dir alles vormachst! Ja, wir standen in verschiedenen Situationen — was soll daran gemeinsam gewesen sein? Und was soll für Dich schwer daran gewesen sein, mich um Hilfe bitten zu müssen? Ich habe sie geleistet. War das nicht schwerer?

Die Dinge schönreden — das hast Du damals gemacht, und Du machst es heute wieder. Ja, ich habe die Bilder noch. Aber ich schaue sie an, und sie wecken keine glücklichen Erinnerungen. Da war zuviel Lüge.

Du willst mich sehen — wir sind noch nicht soweit, wenn wir es überhaupt jemals sein werden.

B.

Er hatte das Auto seit Monaten nicht mehr benutzt. Jemand von der Werkstatt mußte kommen und beim Anlassen helfen. Das Fahren war ungewohnt, aber nicht unangenehm. Er stellte das Radio an, machte das Schiebedach auf und ließ die Frühlingsluft herein.

Il ne put de nouveau pas se décider à s'adresser à l'autre par son nom et par un terme de politesse, et il commença de nouveau directement.

Tout ce que tu vas t'imaginer ! C'est vrai, nous étions dans des situations différentes — que pouvions-nous avoir de commun en cela ? Et qu'y aurait-il eu de difficile pour toi à être obligé de me demander mon aide ? Moi, je te l'ai apportée. Cela n'était-il pas plus difficile ?

Enjoliver les choses par les mots — c'est ce que tu faisais à l'époque, et c'est ce que tu fais de nouveau aujourd'hui. Oui, j'ai encore les photos. Mais je les regarde, et elles n'éveillent pas de souvenirs heureux. Il y avait trop de mensonge en jeu.

Tu veux me voir — nous n'en sommes pas encore là, si toutefois nous en venons là un jour.

B.

Il n'avait plus pris sa voiture depuis des mois. Il fallut que quelqu'un vienne du garage et l'aide à démarrer. Il n'était plus habitué à conduire, mais ce n'était pas désagréable. Il mit la radio, actionna le toit ouvrant et fit entrer l'air printanier.

Das letzte Mal war er die Strecke mit seiner Frau gefahren. Sie war schon sehr krank gewesen und hatte nur noch wenig gewogen; er hatte sie in eine Decke gehüllt und die Treppe hinab und über die Straße zum Auto getragen. Er hatte das geliebt: sie einhüllen, aufnehmen und tragen. Ehe sie ausfuhren, ließ sie sich von ihm waschen und kämmen und nahm ein bißchen Eau de Toilette; das Schminken hatte sie aufgegeben. Er trug sie, und sie duftete und seufzte und lächelte.

Die Erinnerung war ungetrübt. Er merkte, daß überhaupt die Erinnerung der letzten Jahre, der Jahre der Krankheit und des Sterbens, von den jüngsten Entdeckungen nicht berührt war. Als wären die Lisa, um die er geworben und mit der er eine Familie gehabt und das Leben bewältigt hatte, und die andere, die langsam verlosch, zwei verschiedene gewesen. Als hätten Krankheit und Sterben in ihr alles getilgt, woran sich seine Eifersucht festmachte.

La dernière fois, il avait fait ce trajet avec sa femme. Elle était déjà très malade et ne pesait presque plus rien ; il l'avait enveloppée dans une couverture et l'avait portée pour descendre l'escalier et traverser la rue jusqu'à la voiture. Il avait aimé ces gestes : l'envelopper dans la couverture, la prendre dans ses bras et la porter. Avant le départ, elle s'était fait laver et peigner par lui, et elle avait mis un peu d'eau de toilette ; elle avait depuis longtemps renoncé à se maquiller. Il la porta, et elle sentait bon, et elle soupirait, et elle souriait.

Rien ne venait assombrir ce souvenir. Il remarqua que, de toute façon, le souvenir des dernières années, des années de la maladie et de la mort, n'était pas affecté par les découvertes qu'il venait de faire. Comme si la Lisa à qui il avait fait la cour et avec qui il avait fondé une famille et avec qui il était venu à bout de la vie, et l'autre Lisa, celle qui s'évanouissait peu à peu, avaient été deux personnes différentes. Comme si la maladie et la mort avaient supprimé en elle tout ce à quoi sa jalousie s'accrochait.

Die Straße führte durch kleine Orte, Felder und Wald, durch weißgetünchte, rotgeziegelte Ordnung und eine ebenfalls geordnete Natur, die in hellem Grün und in den Gärten mit bunten Blumen prunkte. In den Orten waren die Straßen leer; die Kinder waren in der Schule und die Erwachsenen bei der Arbeit. Zwischen den Orten begegnete ihm ab und zu ein anderes Auto, ein Traktor, ein Lastwagen. Er liebte das hügelige Land zwischen den Bergen und der Ebene. Es war ein Teil von seiner und Lisas Heimat, der sie, auch als ihn seine Karriere ins Ministerium und in die Hauptstadt geführt hatte, die Treue bewahrt hatten. Sie hatten ihr Haus behalten, die Kinder waren in ihren Schulen geblieben, und er war gependelt, manchmal nur für einen Tag, manchmal für mehrere Tage oder die ganze Woche. Auch die Kinder hingen an dieser Heimat; als sie aus dem Haus gingen, zogen auch sie nicht weit weg. Eine Stunde mit dem Auto zur Tochter, zwei Stunden zum Sohn — über die Autobahn und bei schneller Fahrt konnte er es sogar in der Hälfte der Zeit schaffen. Aber jetzt hatte er es nicht eilig.

Er versuchte, sich auf das Gespräch vorzubereiten, das er mit seiner Tochter führen wollte.

La route passait par de petits villages, à travers des champs et des forêts, à travers un ordre badigeonné de blanc et orné de tuiles rouges et une nature également ordonnée qui resplendissait de vert clair et, dans les jardins, de fleurs multicolores. Dans les villages, les rues étaient désertes ; les enfants étaient à l'école et les adultes au travail. Entre les villages, il croisait de temps en temps une autre voiture, un tracteur, un camion. Il aimait ce pays vallonné entre les montagnes et la plaine. C'était une partie de leur pays, à Lisa et à lui, pays auquel ils étaient restés fidèles même quand sa carrière l'avait appelé au ministère et dans la capitale. Ils avaient conservé leur maison, les enfants étaient restés dans leurs écoles, et il avait fait la navette, quelquefois pour plusieurs jours ou pour toute la semaine. Les enfants étaient eux aussi attachés à ce pays ; quand ils avaient quitté la maison, ils n'étaient pas allés s'installer très loin. Une heure de voiture pour aller chez sa fille, deux heures pour aller chez son fils — en prenant l'autoroute et en roulant vite, il pouvait même le faire en moitié moins de temps. Mais à présent il n'était pas pressé.

Il essaya de se préparer à la conversation qu'il voulait avoir avec sa fille.

Was sollte er seiner Tochter von Lisa und sich und dem Anderen sagen? Wie sie fragen, ob Lisa mit ihr über ihn und den Anderen gesprochen hatte? Ihm war, als hätten Lisa und seine Tochter einander nahegestanden. Aber genau wußte er es nicht; seine Erinnerungen an Lisa und seine Tochter Arm in Arm, an seine Tochter, die nach Hause kommt und nach ihrer Mutter ruft, oder an Lisa, die mit ihm Urlaub macht und Stunden am Telefon verbringt, weil ihre Tochter mit ihr reden muß, stammen aus einer Zeit, als die Tochter noch ein Teenager war.

9

»Was willst du mit mir reden?«

Seine Tochter fragte ihn, während sie die Couch im Wohnzimmer für die Nacht bezog. Er hatte angeboten zu helfen, sie hatte abgelehnt, und er stand mit den Händen in den Taschen da. Sie fragte ihn abweisend.

»Laß uns morgen darüber reden.«

Sie breitete die Decke über das Bett und richtete sich auf.

Que devait-il dire à sa fille à propos de Lisa, de lui-même et de l'autre? Comment lui demander si Lisa lui avait parlé de lui-même et de l'autre? Il lui semblait que Lisa et sa fille avaient été proches. Mais il n'en était pas absolument sûr; ses souvenirs de Lisa et de sa fille bras dessus, bras dessous, de sa fille arrivant à la maison et appelant sa mère, ou de Lisa passant des vacances avec lui et restant pendue pendant des heures au téléphone parce que sa fille avait besoin de lui parler, datent du temps où leur fille était encore une adolescente.

9

« De quoi veux-tu parler avec moi ? »

Sa fille lui posait la question tout en préparant le canapé du salon pour la nuit. Il lui avait proposé de l'aider, elle avait refusé, et il était planté là, les mains dans les poches. Elle posait la question d'un air revêche.

« Parlons-en demain. »

Elle étendit la couverture sur le canapé et se redressa.

»Seit Mutters Tod haben wir dich eingeladen, und ich habe gedacht, daß es dir und mir guttäte, daß wir uns näherkämen, weil wir beide... Weil du deine Frau verloren hast wie ich meine Mutter, und Georg und die Kinder hätten sich auch gefreut. Du hast unsere Einladungen ausgeschlagen und mir damit sehr weh getan. Jetzt kommst du und willst mit mir reden. Es ist wie früher, wenn du dich monatelang nicht um uns gekümmert hattest und plötzlich am Sonntag morgen mit uns spazierengehen und reden wolltest. Uns fiel nichts ein, und du wurdest ärgerlich — ich möchte das gerne hinter mich bringen. «

»War es so schlimm? «

»Ja. «

Er guckte auf seine Schuhe. »Es tut mir leid. Ich hatte, wenn ich lange viel zu tun hatte, den Kontakt zu euch verloren. Dann hatte ich ein schlechtes Gewissen, wußte aber nicht, was ich euch fragen sollte. Ich war mehr verzweifelt als ärgerlich. «

»Verzweifelt? « Seine Tochter fragte ironisch.

« Depuis la mort de maman, nous t'avons invité, et je pensais que cela nous ferait du bien à toi et à moi de nous rapprocher parce que nous avions tous les deux… Parce que tu as perdu ta femme tout comme j'ai perdu ma mère, et Georg et les enfants auraient été contents eux aussi. Tu as toujours refusé nos invitations, et cela m'a fait beaucoup de peine. Et maintenant te voilà, et tu veux parler avec moi. C'est comme autrefois, quand tu ne t'étais pas occupé de nous pendant des mois et que soudain, le dimanche matin, tu voulais faire une promenade avec nous et nous parler. Nous n'avions aucune idée de ce que nous aurions pu dire, et tu te mettais en colère — j'aimerais bien que tout cela appartienne au passé.

— Était-ce si terrible ?

— Oui. »

Il regardait la pointe de ses chaussures. « Je suis désolé. Quand j'avais pendant longtemps beaucoup à faire, je perdais le contact avec vous. Alors, j'avais mauvaise conscience, mais je ne savais pas quelles questions vous poser. Chez moi, c'était plus du désespoir que de la colère.

— Du désespoir ? » Sa fille posait la question d'un ton ironique.

Er nickte. »Ja, wirklich verzweifelt.« Er wollte seiner Tochter erklären, wie sein Leben damals war und daß er den Verlust des Vertrauens seiner Kinder gemerkt und darunter gelitten hatte. Aber er sah im Gesicht seiner Tochter die Ablehnung dessen, was er sagen wollte. Sie war streng und bitter geworden. Zwar konnte er dahinter noch das offene, fröhliche und zutrauliche Mädchen erkennen, das sie einmal gewesen war, aber er konnte es nicht mehr ansprechen und hervorlocken. Er konnte auch nicht fragen, wie das fröhliche Mädchen zur bitteren Frau hatte werden können. Immerhin konnte er die Frage stellen, die er mitgebracht hatte, auch wenn die Antwort wieder abweisend sein würde. »Hat deine Mutter mit dir über unsere Ehe geredet?«

»Deine Mutter — kannst du nicht einfach "Mutter" sagen, wie andere Männer, oder "Lisa"? Daß sie meine Mutter ist, betonst du, als... als...«

»Hat deine... hat Mutter gesagt, daß sie nicht mag, wenn ich so von ihr rede?«

»Nein, sie hat nie gesagt, daß sie nicht mag, was du machst.«

»Erinnerst du dich an die Zeit vor elf Jahren? Du hast Abitur gemacht und im Sommer...«

Il acquiesça. «Oui, du désespoir, vraiment.»
Il voulait expliquer à sa fille comment était sa
vie à l'époque, et qu'il s'était rendu compte
qu'il avait perdu la confiance de ses enfants, et
qu'il en avait souffert. Mais il vit sur le visage
de sa fille le rejet de ce qu'il voulait dire. Elle
était devenue sévère et amère. Certes, il pouvait encore reconnaître derrière ce masque
la petite fille franche, gaie et confiante qu'elle
avait été autrefois; il ne pouvait plus lui parler et la faire resurgir. Mais il pouvait toujours poser la question avec laquelle il était
venu. «Est-ce que ta mère a parlé avec toi de
notre couple?

— Ta mère — ne peux-tu pas dire simplement "maman", comme les autres maris, ou
"Lisa"? Tu insistes sur le fait qu'elle est ma
mère, comme si… comme si…

— Est-ce que ta… est-ce que maman t'a
dit qu'elle n'aimait pas que je parle d'elle
comme ça?

— Non, elle n'a jamais dit qu'elle n'aimait
pas ce que tu faisais.

— Te souviens-tu de cette époque, il y a
onze ans? Tu as passé ton baccalauréat, et en
été…

»Du mußt mir nicht sagen, was ich damals gemacht habe, ich weiß es selbst. Im Sommer ist Mutter mit mir zur Feier des Abiturs eine Woche nach Venedig gefahren. Warum?«

»Hat sie auf der Reise über mich gesprochen? Über unsere Ehe? Vielleicht über einen anderen Mann?«

»Nein, hat sie nicht. Und du solltest dich schämen, über Mutter solche Fragen zu stellen. Du solltest dich schämen.« Sie ging kurz in den Flur und kam mit zwei Handtüchern zurück. »Hier. Du kannst ins Bad. Frühstück ist um halb acht, und ich wecke dich um sieben. Gute Nacht.«

Er wollte sie in die Arme nehmen, aber als er auf sie zutrat, winkte sie ihm kurz zu und witschte aus dem Zimmer. Oder winkte sie ihm nicht zu, sondern ab?

Er ging nicht ins Bad. Er hatte Angst; ihn kostete der Weg über den Flur ins Bad mehr Mut, als er hatte. Wenn er sich vertun und plötzlich im Zimmer seiner Tochter und ihres Mannes stehen würde? Oder im Kinderzimmer? Oder im Treppenhaus, bei zugefallener Wohnungstür?

« — Ce n'est pas la peine que tu me dises ce que j'ai fait à l'époque, je le sais bien moi-même. En été, pour fêter mon baccalauréat, maman est partie pour une semaine à Venise avec moi. Pourquoi ?

— Pendant ce voyage, a-t-elle parlé de moi ? De notre couple ? D'un autre homme peut-être ?

— Non, elle n'en a pas parlé. Et tu devrais avoir honte de poser de telles questions sur maman. Tu devrais avoir honte. » Elle alla brièvement dans le corridor et revint avec deux serviettes de toilette. « Tiens. Tu peux aller à la salle de bains. Le petit déjeuner est servi à sept heures et demie, et je te réveillerai à sept heures. Bonne nuit. »

Il voulut la prendre dans ses bras, mais quand il s'approcha d'elle, elle lui fit un signe rapide et disparut hors de la pièce. À moins que ce signe ne fût un geste de rejet ?

Il n'alla pas à la salle de bains. Il avait peur ; le chemin qui menait à travers le corridor jusqu'à la salle de bains lui aurait coûté plus de courage qu'il n'en avait. Si par mégarde il se retrouvait soudain dans la chambre de sa fille et de son mari ? Ou bien dans la chambre des enfants ? Ou bien dans la cage d'escalier, avec la porte de l'appartement fermée ?

Er würde klingeln, sich ausschimpfen lassen und entschuldigen müssen. Er beschloß, nicht auch noch seinen Sohn zu besuchen. Er würde auch Lisas beste Freundin nicht besuchen und nach Rolf fragen.

10

Er fuhr am nächsten Morgen, als das Haus leerwar, seine Tochter und ihr Mann bei der Arbeit und die Kinder in der Schule waren. Er verabschiedete sich mit einem Gruß auf einem Zettel.

Die Fahrt dauerte vier Stunden. Er kannte die Stadt nicht gut, fand aber die Straße, das Haus am Park und in der Nähe ein Zimmer in einem Hotel. Er hängte seine Kleider in den Schrank und machte einen Spaziergang. Die kleine Straße, an der das Hotel lag, kreuzte eine breite Straße mit breiten Bürgersteigen und mündete in einen kleinen Platz. Von der Bank auf dem Platz konnte er in die Straße schauen, in der der Andere wohnte. Das Haus war eine in Wohnungen aufgeteilte Jugendstilvilla, deren Rückseite wie die der Nachbarhäuser an einen Bach und den Park grenzte.

Il sonnerait, il se ferait insulter et devrait présenter des excuses. Il décida de ne pas aller en plus voir son fils. Il ne rendrait pas non plus visite à la meilleure amie de Lisa pour lui poser des questions sur Rolf.

10

Il repartit le lendemain matin, pendant que la maison était vide et que sa fille et son mari étaient au travail et les enfants à l'école. Il prit congé en laissant un billet d'adieu.

Le trajet dura quatre heures. Il ne connaissait pas bien la ville, mais il trouva la rue, la maison près du parc et, à proximité, une chambre d'hôtel. Il suspendit ses vêtements dans l'armoire et fit une promenade. La petite rue dans laquelle se trouvait l'hôtel croisait une grande artère aux larges trottoirs et débouchait sur une petite place. Depuis le banc de la place, il pouvait voir la rue où habitait l'autre. La maison était une villa modern style divisée en appartements et dont la face arrière jouxtait, tout comme les maisons voisines, un ruisseau et le parc.

Wenn er in den nächsten Tagen auf seinem Spaziergang zur Bank kam, fand er sie leer. Zwar lud das warme Wetter zum Sitzen ein, aber auf den Bänken im Park, zu dem es nur ein paar Schritte waren, saß es sich schöner. Er blieb, bis er die Zeitung gelesen hatte, nicht länger und nicht kürzer, ging danach am Haus des Anderen vorbei und über den Bach in den Park. Er machte die Runde jeden Tag ein bißchen später. Dabei schmiedete er Pläne. Den Anderen ausforschen, einkreisen, seine Gewohnheiten und Neigungen erkunden, sein Vertrauen gewinnen, seinen wunden Punkt finden. Dann — er wußte nicht, was dann kommen, was er dann tun würde. Irgendwie würde er den Anderen aus seinem und Lisas Leben tilgen.

Am Dienstag der zweiten Woche saß er gegen zwölf Uhr auf der Bank, als der Andere aus dem Haus trat. Er trug einen Anzug mit Weste, hatte eine Krawatte umgebunden und ein passendes Tüchlein in die Brusttasche gesteckt. Ein Geck! Er war schwerer als auf den Fotografien, hatte eine stattliche Gestalt und ging mit beschwingtem Schritt. Als er den Platz erreichte, bog er in die kleine Straße und an der Kreuzung in die breite.

Les jours suivants, quand il fit sa promenade pour venir jusqu'au banc, il le trouva inoccupé. Certes, le temps chaud invitait à s'asseoir, mais on était mieux assis sur les bancs du parc, qui n'était qu'à quelques pas. Il restait là jusqu'à ce qu'il eût fini de lire son journal, ni plus ni moins longtemps, passait ensuite devant la maison de l'autre, puis traversait le ruisseau pour aller au parc. En même temps, il forgeait des plans. Épier l'autre, le cerner, enquêter sur ses habitudes et ses penchants, gagner sa confiance, trouver son point faible. Et ensuite — il ne savait pas ce qui viendrait ensuite, ce qu'il ferait ensuite. D'une manière ou d'une autre, il éliminerait l'autre de sa vie et de la vie de Lisa.

Le mardi de la deuxième semaine, il était assis vers midi sur le banc quand l'autre sortit de chez lui. Il portait un costume avec un gilet, il avait mis une cravate et dans sa poche de poitrine une pochette assortie. Un vieux beau ! Il était plus lourd que sur les photos, il avait une stature imposante et marchait d'un pas élastique. Quand il atteignit la place, il tourna pour prendre la petite rue, puis, au croisement, la grande artère.

Nach ein paar hundert Metern setzte er sich auf die Terrasse eines Cafés. Der Kellner brachte ihm unaufgefordert Kaffee, zwei Croissants und ein Schachspiel. Der Andere nahm ein Buch aus der Innentasche, stellte die Figuren auf und spielte eine Partie nach.

Als der Andere am nächsten Tag kam, saß er schon vor einem Schachbrett mit einer Partie von Keres gegen Euwe.

»Indisch?« fragte der Andere, als er stehenblieb und zusah.

»Ja.« Er schlug mit einem weißen Turm einen schwarzen Bauern.

»Schwarz muß die Dame opfern.«

»Das fand Keres auch.« Er schlug den weißen Turm mit der schwarzen Dame und diese mit der weißen. Er stand auf. »Gestatten Sie, mein Name ist Riemann.«

»Feil.« Sie schüttelten sich die Hände.

»Wollen Sie sich dazusetzen?«

Sie tranken zusammen Kaffee, aßen Croissants und spielten die Partie zu Ende. Dann spielten sie eine Partie gegeneinander.

»O Gott, es ist drei, ich muß los.« Der Andere verabschiedete sich hastig. »Sehe ich Sie morgen wieder?«

»Gerne. Ich bleibe noch eine Weile in der Stadt.«

Après quelques centaines de mètres, il s'assit à la terrasse d'un café. Le garçon, sans qu'il ait rien demandé, lui apporta du café, deux croissants et un jeu d'échecs. L'autre sortit un livre de sa poche intérieure, plaça les figures et rejoua une partie d'après son livre.

Quand l'autre arriva le lendemain, lui était déjà installé devant un échiquier, avec une partie opposant Keres à Euwe.

« Ouverture indienne ? demanda l'autre quand il s'arrêta pour regarder.

— Oui. » Il prit un pion noir avec la tour blanche.

« Les noirs doivent sacrifier la dame.

— C'est également ce qu'a estimé Keres. » Il prit la tour blanche avec la dame noire et cette dernière avec la dame blanche. Il se leva. « Si vous permettez, je m'appelle Riemann.

— Et moi Feil. » Ils se serrèrent la main.

« Voulez-vous vous asseoir à ma table ? »

Ils burent du café ensemble, mangèrent des croissants et terminèrent la partie. Puis ils en jouèrent une l'un contre l'autre.

« Oh mon Dieu, il est trois heures, il faut que j'y aille. » L'autre prit congé en toute hâte. « Vous reverrai-je demain ?

— Ce sera un plaisir. Je reste encore un moment dans votre ville. »

Sie verabredeten sich für den nächsten Tag, dann für den Tag darauf, und dann bedurfte es keiner Verabredung mehr. Sie trafen sich um halb eins, aßen ein spätes Frühstück und spielten eine Partie. Dann redeten sie. Manchmal schlenderten sie durch den Park.

»Nein, ich war nie verheiratet. Ich bin nicht für die Ehe geschaffen. Ich bin für die Frauen geschaffen, und die Frauen sind's für mich. Aber Ehe — manchmal mußte ich rennen, wenn's brenzlig wurde, und ich war immer schnell genug.« Er lachte.

»Sie haben nie eine Frau getroffen, bei der Sie gerne geblieben wären?«

»Klar hat's Frauen gegeben, die bei mir bleiben wollten. Aber wenn's genug war, war's genug. Sie kennen Sepp Herberger. Nach dem Spiel ist vor dem Spiel.«

Oder sie sprachen über den Beruf.

»Wissen Sie, für mich, der jahrelang internationale Verantwortung getragen hat und heute in New York und morgen in Hongkong war, war der Beruf etwas anderes als für jemanden, der Tag um Tag ins selbe Büro geht und dieselbe Arbeit macht.«

Ils prirent rendez-vous pour le lendemain, puis de nouveau pour le lendemain, et ensuite ils n'eurent plus besoin de prendre rendez-vous. Ils se retrouvaient à midi et demi, prenaient un petit déjeuner tardif et faisaient une partie. Ensuite, ils parlaient. Parfois, ils flânaient dans le parc.

« Non, je n'ai jamais été marié. Je ne suis pas fait pour le mariage. Je suis fait pour les femmes, et les femmes sont faites pour moi. Mais le mariage — il a parfois fallu que je file quand la situation devenait épineuse, et j'ai toujours été suffisamment rapide. » Il rit.

« Vous n'avez jamais rencontré une femme avec qui vous seriez volontiers resté ?

— Bien sûr, il y a eu des femmes qui voulaient rester avec moi. Mais quand ça suffisait, ça suffisait. Vous connaissez l'entraîneur Sepp Herberger : Après le match, c'est avant le match. »

Ou bien ils parlaient métier.

« Vous savez, pour moi qui ai eu pendant des années des responsabilités internationales et qui étais un jour à New York et le lendemain à Hong Kong, le métier était autre chose que pour quelqu'un qui va jour après jour dans le même bureau pour faire le même travail.

»Was haben Sie gemacht?«

»Nennen wir's *Troubleshooting*. Ich habe in Ordnung gebracht, was andere vermasselt haben. Rebellen entführen die Frau des deutschen Botschafters oder die Tochter des Repräsentanten von Mannesmann, der Dieb bietet der Nationalgalerie das gestohlene Bild zum Rückkauf, die PDS parkt das Vermögen der SED bei der Mafia — Sie verstehen, was ich meine?«

»Sie haben mit den Rebellen, dem Dieb oder der Mafia verhandelt?«

»Einer muß es machen, oder?« Der Andere guckte bedeutend und bescheiden.

Oder sie sprachen über ihre Liebhabereien.

»Lange konnte ich mir ein Leben ohne Polo nicht vorstellen. Sie spielen Golf? Nein? Nun, Polo verhält sich zu Golf wie Reiten zu Laufen.«

»Was Sie nicht sagen!«

»Sie reiten auch nicht? Wie soll ich's Ihnen dann erklären? Es ist das schnellste, härteste und ritterlichste Spiel. Leider habe ich nach dem letzten Sturz aufgeben müssen.«

Oder sie sprachen über Hunde.

— Que faisiez-vous?

— Appelons cela du *troubleshooting*. Je remettais de l'ordre dans les situations que d'autres avaient pourries. Les rebelles enlèvent la femme de l'ambassadeur d'Allemagne ou la fille du représentant de Mannesmann, le voleur propose au musée national de racheter le tableau volé, le PDS engrange chez la mafia la fortune de la SED — vous comprenez ce que je veux dire?

— Vous vous chargiez de négocier avec les rebelles, le voleur ou la mafia?

— Il faut bien que quelqu'un le fasse, non?» L'autre eut un regard entendu et modeste.

Ou bien ils parlaient de leurs goûts.

«Pendant longtemps, je n'ai pas pu imaginer une vie sans polo. Vous jouez au golf? Non? Eh bien, le polo est au golf ce que l'équitation est à la marche.

— Vous en dites des drôles de choses!

— Vous ne faites pas non plus d'équitation? Comment puis-je alors vous expliquer ça? C'est le jeu le plus rapide, le plus dur et le plus chevaleresque. Malheureusement, j'ai été obligé d'arrêter après la dernière chute.»

Ou bien ils parlaient de chiens.

»So, Sie haben lange einen Hund gehabt?
Was für einen?«

»Einen Mischling. Er hatte ein bißchen
Schäferhund, ein bißchen Rottweiler und noch
ein bißchen was. Wir haben ihn gekriegt, als
er ein oder zwei Jahre alt war, einen rumge-
schubsten, geprügelten, depressiven Kerl. Das
blieb er auch. Aber er war so glücklich, wie er
sein konnte, und hätte sich für die Familie
in Stücke hauen lassen. Wenn er nicht vor
Angst unter den Sessel gekrochen wäre.«

»Ein Versager. Das ist auch was, das ich
nicht leiden kann. Versager. Ich hatte lange
einen Dobermann, der Preise gewonnen hat,
Preise über Preise. Ein tolles Tier.«

11

Ein Aufschneider, dachte er, ein Geck und
ein Aufschneider. Was hat Lisa an ihm gefunden?

Er rief seine Putzfrau an und bat sie, ihm
die Post ins Hotel nachzuschicken.

*Nein, meine Braune, so schlimm war es nicht,
mir zu helfen. Wir haben gedacht, es würde ein
Erfolg werden.*

« Ah bon, vous avez longtemps eu un chien ? Quelle race ?

— Un bâtard. Il avait un peu de berger allemand, un peu de rottweiler et encore un peu d'autre chose. Nous l'avons eu quand il avait un ou deux ans, un petit gaillard qui avait été ballotté et battu, et qui était dépressif. Il l'est d'ailleurs resté. Mais il était aussi heureux qu'il pouvait l'être et se serait fait tailler en pièces pour la famille. Si la peur ne l'avait pas fait se cacher sous le fauteuil.

— Un bon à rien. Ça aussi, c'est quelque chose que je ne peux pas sentir. Les bons à rien. J'ai longtemps eu un doberman qui remportait prix sur prix. Un animal formidable. »

11

Un matamore, pensa-t-il, un vieux beau et un matamore. Qu'est-ce que Lisa avait bien pu lui trouver ?

Il appela sa femme de ménage et lui demanda de lui faire suivre le courrier à l'hôtel.

Non, ma brune, ce n'était pas si terrible de m'aider. Nous avons pensé que ce serait un succès.

Außerdem hast Du gemocht, daß ich Dich gebraucht habe. Für mich war es schlimm, nicht alleine zurechtzukommen.

Es war mir eine Lehre. Inzwischen sieht mein Leben anders aus. Daß ich die Dinge schönrede, ist nicht wahr. Ich sehe in ihnen Schönes, das die anderen nicht sehen. Ich habe auch Dir Schönes gezeigt, das Du nicht gesehen hast, und Dich damit glücklich gemacht.

Laß mich Dir wieder die Augen öffnen und Dich wieder glücklich machen!

Rolf

Aus Angst, sich zu verraten, hatte er dem Anderen nicht gesagt, aus welcher Stadt er kam. Das war unnötig vorsichtig gewesen und nahm ihm überdies Anknüpfungspunkte für Gespräche mit dem Anderen, Angelhaken, die der Andere schlucken und mit denen er ihn fangen konnte. So erwähnte er die Stadt; er habe eine Weile in ihr gelebt.

»Hatte ich auch mal eine Wohnung. Kennen Sie die Häuser am Fluß, zwischen der neuen Brücke und der anderen, noch neueren, deren Namen ich nicht mehr weiß? Da war das.«

*De plus, cela te plaisait que j'aie besoin de toi.
C'était terrible pour moi de ne pas pouvoir m'en
tirer tout seul.*

*Cela m'a servi de leçon. Depuis, ma vie a changé.
Il est faux que j'enjolive les choses par des mots. Je
vois en elles des beautés que les autres ne voient
pas. Je t'ai également montré des beautés que tu ne
voyais pas, et par là je t'ai rendue heureuse.*

*Laisse-moi de nouveau t'ouvrir les yeux et de
nouveau te rendre heureuse!*

Rolf

De crainte de se trahir, il n'avait pas dit à
l'autre de quelle ville il venait. C'était une
prudence inutile, et en outre cela lui enlevait
des points de départ pour ses conversations
avec l'autre, des hameçons que l'autre avale-
rait et avec lesquels il pourrait le prendre. Il
fit donc mention de la ville; l'autre y avait
vécu quelque temps.

«J'y ai même eu pendant un moment un
logement. Vous connaissez les maisons au
bord de la rivière, entre le nouveau pont et
l'autre, encore plus nouveau, dont je ne sais
plus le nom? C'était là.

»Wir hatten ein Haus im selben Viertel, aber am Feld hinter der Schule.« Er nannte die Straße, seine Straße.

Der Andere runzelte die Stirn. »Erinnern Sie sich an Ihre Nachbarn?«

»Den einen und anderen.«

»Erinnern Sie sich an die Frau, die im Haus Nummer 38 wohnte?«

»Braune Haare, braune Augen, Geigerin, zwei Kinder, der Mann Beamter? Meinen Sie die? Haben Sie sie gekannt?«

Der Andere schüttelte den Kopf. »So ein Zufall, so ein Zufall. Ja, wir haben uns einmal gekannt. Ich meine, wir hatten...« Er schaute auf seine Hände. »Sie ist eine feine Frau.«

Meine Frau war eine feine Frau? Obwohl der Andere es respektvoll sagte, klang es ihm herablassend und anmaßend. Es ärgerte ihn.

Es ärgerte ihn auch, wenn er im Schach gegen den Anderen verlor. Es passierte selten;

« — Nous avions une maison dans le même quartier, mais au bord du champ qui est derrière l'école. » Il donna le nom de la rue, de sa rue.

L'autre fronça les sourcils. « Vous souvenez-vous de vos voisins ?

— Comme ci, comme ça.

— Vous souvenez-vous de la femme qui habitait au numéro 38 ?

— Des cheveux bruns, des yeux marron, violoniste, deux enfants, le mari fonctionnaire ? C'est elle dont vous voulez parler ? Vous l'avez connue ? »

L'autre hocha la tête. « Quelle coïncidence ! Oui, nous nous sommes connus autrefois. Je veux dire que nous avons eu… » Il regarda ses mains. « C'est une femme bien. »

Ma femme était une femme bien ? Malgré le respect avec lequel l'autre disait ces mots, cela lui sembla condescendant et prétentieux. Cela le mit en colère.

Cela le mettait également en colère quand il perdait aux échecs contre l'autre. Cela n'arrivait que rarement ;

der Andere spielte fahrig, hatte die Augen auf der Straße oder bei einer Frau oder einem Hund am Nebentisch, redete viel, lobte die eigenen Züge, nahm sie, wenn sie falsch waren, beleidigt zurück und erklärte, wenn er verlor, wortreich, warum er eigentlich hätte gewinnen müssen. Wenn er gewann, freute er sich und gab an wie ein Kind. Wie klug er den Turm gegen den Springer getauscht oder den Bauer geopfert, wie raffiniert er seinen Damenflügel geschwächt und dadurch sein Zentrum gestärkt hätte — alles, was während des Spiels passiert war, interpretierte und präsentierte der Andere als Beleg seines überlegenen Könnens.

In der zweiten Woche pumpte der Andere ihn an. Ob er für ihn zahlen könne? Er habe sein Geld vergessen. Am nächsten Morgen pumpte er ihn wieder an. Er habe sein Geld nicht zu Hause vergessen, wie er gedacht habe. Er müsse es in der Hose gelassen haben, die er in die Reinigung gebracht habe und die er erst nach dem Wochenende abholen könne. Deshalb müsse er auch um einen größeren Betrag bitten, der ihn übers Wochenende bringe. Vierhundert Mark seien wohl zuviel, aber wie stünde es mit dreihundert?

l'autre jouait avec désinvolture, il avait les yeux fixés sur la rue ou sur une femme ou sur un chien à la table voisine, il parlait beaucoup, disait du bien de ses propres coups, les reprenait d'un air offensé quand ils étaient mauvais et expliquait quand il perdait pourquoi il aurait dû en fait gagner. Quand il gagnait, il se réjouissait et se vantait comme un enfant. Avec quelle astuce il avait échangé la tour contre le cavalier ou sacrifié le pion, avec quelle classe il avait affaibli son aile de la dame, renforçant ainsi son centre — tout ce qui s'était produit pendant la partie, l'autre l'interprétait et le présentait comme une preuve de sa supériorité.

Lors de la deuxième semaine, l'autre commença à le taper. Pouvait-il payer pour lui ? Il avait oublié son argent. Le lendemain matin, il le tapa de nouveau. Il n'avait pas oublié son argent chez lui, comme il l'avait cru. Il l'avait certainement laissé dans le pantalon qu'il avait donné au nettoyage et qu'il ne pourrait récupérer qu'après le week-end. C'est pourquoi il était obligé de lui demander une somme assez importante qui lui permettrait de passer le week-end. Quatre cents marks, ce serait sans doute trop, mais trois cents, est-ce que ça irait ?

Er gab ihm das Geld. Er ärgerte sich über die Bitte des Anderen. Er ärgerte sich über den Gesichtsausdruck, mit dem der Andere um das Geld bat und es nahm. Als tue er ihm, indem er ihn bat und von ihm nahm, einen Gefallen.

Er ärgerte sich darüber, daß er nicht wußte, was er weiter machen sollte. Weiter mit dem Anderen Schach spielen, spazierengehen, ihm Geld leihen und seine angeberischen Geschichten hören, darunter eines Tags die Geschichte der Affäre mit seiner Frau? Er mußte näher an ihn rankommen.

Er schrieb seiner Putzfrau, legte einen Brief an den Anderen bei und bat sie, ihn einzuwerfen.

Ja, vielleicht sollten wir uns wiedersehen. In ein paar Wochen komme ich in Deine Stadt und könnte Dich treffen. Dein Leben sieht anders aus — zeig es mir. Zeig mir Deine Arbeit, Deine Freunde und, wenn es sie gibt, die Frau in Deinem Leben. Da, wo wir damals aufgehört haben, können wir nicht weitermachen.

Il lui donna l'argent. Il se mit en colère à cause de ce que l'autre lui avait demandé. Il se mit en colère à cause de l'expression que l'autre avait sur le visage en lui demandant l'argent et en le prenant. Comme si, en lui demandant cet argent et en le prenant, l'autre lui rendait service.

Il se mit en colère parce qu'il ne savait pas comment il devait continuer son aventure. Continuer à jouer aux échecs avec l'autre, à se promener avec lui, à lui prêter de l'argent et à écouter ses histoires de vantard, entre autres un jour l'histoire de sa liaison avec sa femme ? Il fallait qu'il le cerne de plus près.

Il écrivit à sa femme de ménage, joignit à sa lettre une lettre pour l'autre en lui demandant de la poster.

Oui, peut-être devrions-nous nous revoir. Dans quelques semaines, je serai dans ta ville et je pourrais te rencontrer. Ta vie a changé — montre-le-moi. Montre-moi ton travail, tes amis et, s'il y en a une, la femme qui partage ta vie. Nous ne pouvons pas continuer depuis le point où nous nous sommes arrêtés à l'époque.

*Aber vielleicht gibt es einen Platz in Deinem
Leben für mich und in meinem für Dich — im
Leben drin und nicht an seinem Rand.*

                                        B.

Er besuchte den Anderen. Unaufgefordert
und unangekündigt klingelte er bei ihm. Das
Schild mit den Namen, Klingeln und der
Sprechanlage, in Messing glänzend und zu
der Jugendstilfassade und dem Jugendstilein-
gang des gepflegten Hauses passend, führte
zuunterst den Namen des Anderen auf. Die
Haustür war offen, und als er den Namen
des Anderen an den beiden Wohnungstüren
im Erdgeschoß nicht fand, ging er die Treppe
hinunter, deren Stufen wie der Boden der Ein-
gangshalle aus Marmor und deren Geländer
wie das der Treppe zu den oberen Geschos-
sen aus geschnitzter Eiche waren. Es war
die Kellertreppe; an ihrem Ende war rechter
Hand eine Eisentür mit der Aufschrift Keller.
Aber linker Hand war eine Wohnungstür mit
dem Namen des Anderen. Er klingelte.

Der Andere rief » Frau Walter? «, nach einer
Weile » Ich komme gleich! « und machte nach
wieder einer Weile auf.

Mais peut-être y a-t-il une place pour moi dans ta
vie et une place pour toi dans la mienne — dans la
vie elle-même et non à sa périphérie.

B.

Il rendit visite à l'autre. Sans avoir été invité et sans être annoncé, il sonna chez lui. Le panneau portant les noms, les sonnettes et l'interphone, en cuivre bien astiqué et assorti à la façade modern style et au vestibule modern style de la maison bien entretenue, indiquait tout en bas le nom de l'autre. La porte d'entrée était ouverte, et, comme il ne trouvait pas le nom de l'autre sur les portes des appartements du rez-de-chaussée, il descendit l'escalier dont les marches, tout comme le sol du vestibule, étaient en marbre, et dont la rampe, tout comme celle de l'escalier qui menait aux étages supérieurs, était en chêne sculpté. C'était l'escalier qui menait à la cave; à son extrémité, il y avait à droite une porte de fer où était inscrit le mot «Cave». Mais, à gauche, il y avait une porte d'appartement portant le nom de l'autre. Il sonna.

L'autre cria : «Madame Walter?», puis au bout d'un moment : «Je viens tout de suite!», et au bout d'un autre moment encore il ouvrit.

Er stand in ausgebeulten Sporthosen und fleckigem Unterhemd da. Durch die Tür waren ein ebenerdiges Fenster zum Garten, ein ungemachtes Bett, ein Tisch voller Geschirr, Zeitungen und Flaschen, zwei Stühle, ein Schrank und durch eine weitere offene Tür Klo und Dusche zu sehen. »Oh«, sagte der Andere, trat in den Flur und zog die Tür fast zu, »das ist eine Überraschung.«

»Ich wollte einfach einmal...«

»Kolossal, wirklich kolossal. Tut mir leid, daß ich Sie nicht gehörig empfangen kann. Hier ist's zu eng und oben zu lange her, daß ich nach dem Rechten gesehen habe. Ich kampiere seit zwei Monaten im Keller, weil ich mich um die Schildkröten kümmere. Sie mögen Schildkröten?«

»Ich habe nie...«

»Sie haben nie mit Schildkröten zu tun gehabt? Selbst Leute, die welche zu Hause haben, kennen sie nicht. Und wie sollen sie sie mögen, wenn sie sie nicht kennen? Kommen Sie mit!« Er führte ihn durch die Eisentür und einen Gang in den Heizungskeller. »Bald können sie raus, aber ich sage mir, lieber zuviel Vorsicht als zuwenig.

Il se tenait là, vêtu d'un bas de survêtement informe et d'un tricot de corps tout taché. Par la porte ouverte, on pouvait voir une fenêtre donnant de plain-pied sur le jardin, un lit qui n'était pas fait, une table couverte de vaisselle, de journaux et de bouteilles, deux chaises, une armoire et, par une autre porte ouverte, les toilettes et la douche. « Oh, dit l'autre en s'avançant dans le corridor et en refermant presque la porte, quelle surprise.

— Je voulais simplement…

— Formidable, vraiment formidable. Je suis désolé de ne pouvoir vous recevoir comme il faudrait. Ici, on est trop à l'étroit, et là-haut il y a trop longtemps que je ne me suis pas occupé de l'appartement. Je campe depuis deux mois à la cave parce que je m'occupe des tortues. Vous aimez les tortues ?

— Je n'ai jamais…

— Vous n'avez jamais eu affaire aux tortues ? Même les gens qui en ont chez eux ne les connaissent pas ! Comment allez-vous les apprécier, si vous ne les connaissez pas ? Venez avec moi ! » Il le conduisit, par la porte de fer et en suivant un couloir, jusque dans la chaufferie. « Elles pourront bientôt sortir, mais je me dis qu'il vaut mieux être trop prudent que pas assez.

Das gibt's bei uns fast nie, daß Schildkröten Junge kriegen. Als die Alte im Herbst bei den Büschen gegraben hat, habe ich an alles gedacht, nur nicht daran, daß sie Eier vergräbt. Drei Eier, ich habe sie in den Heizungskeller gelegt, und aus zweien sind kleine Schildkröten geschlüpft. «

Das Licht im Heizungskeller war schwach. Ehe sich seine Augen daran gewöhnten, nahm der Andere seine Linke und setzte eine winzige Schildkröte in seine Handfläche. Er spürte ihre unbeholfen rudernden Beine, ein zartes Kratzen und Kribbeln. Dann sah er sie, gepanzert wie eine große Schildkröte und mit der gleichen faltigen Haut unter dem Kopf und dem gleichen langsamen Lidschlag über den alten, weisen Augen. Zugleich war sie anrührend klein, und als er sie mit den Fingern der Rechten berührte, spürte er, wie weich ihr Panzer noch war.

Der Andere sah ihm zu. Er machte eine lächerliche Figur; die Sporthose hing unter seinem dicken Bauch, die Arme waren kläglich weiß und dünn, und das Gesicht zeigte den innigen Wunsch, bewundert und gelobt zu werden.

C'est une chose qui n'arrive presque jamais chez nous, que des tortues aient des petits. Quand la vieille tortue a creusé près des buissons en automne, j'ai pensé à tout, sauf qu'elle enterrait des œufs. Trois œufs, je les ai mis dans la chaufferie, et de deux d'entre eux sont sorties de petites tortues. »

La lumière qui éclairait la chaufferie était faible. Avant que ses yeux s'y soient habitués, l'autre lui prit la main gauche et déposa sur sa paume une minuscule tortue. Il sentit ses pattes qui gigotaient maladroitement, un tendre grattement ou chatouillis. Puis il la vit, avec sa carapace comme celle d'une tortue adulte et la même peau plissée sous la tête et le même battement lent des paupières sur les yeux vieux et sages. En même temps, elle était d'une petitesse attendrissante, et, quand il la toucha des doigts de sa main droite, il sentit à quel point sa carapace était encore molle.

L'autre le regardait. Il avait une allure ridicule ; le pantalon de survêtement pendouillait sous son gros ventre, ses bras étaient d'une blancheur et d'une maigreur lamentables, et son visage manifestait le désir intense d'être admiré et félicité.

Ob das stimmte? Oder hatte der Andere die kleinen Schildkröten gekauft? Konnte man so kleine Schildkröten kaufen? Trug er sonst ein Korsett, das seinen dicken Bauch hielt? Wohnte er in diesem Kellerloch, damit er eine gute Adresse angeben und morgens mit seinem guten Anzug aus einem guten Haus treten konnte?

Die kleine Schildkröte in seiner Hand ließ ihn beinahe weinen. So jung und schon so alt, so schutzlos und unbeholfen und schon so weise. Zugleich ärgerte ihn der Andere. Seine schmuddelige Erscheinung, seine verkommene Wohnung, sein Aufschneiden, seine Gier nach Anerkennung — diesen Versager hatte Lisa ihm vorgezogen?

12

Ein paar Tage später zog der Andere beim Frühstück den Briefumschlag aus der Jackentasche und legte ihn auf den Tisch. » Ich habe eine wichtige Nachricht bekommen. « Er strich mit der Hand über den Briefumschlag. » Mich wird eine berühmte Geigerin besuchen — daß ich ihren Namen nicht nennen kann, werden Sie verstehen.

Tout cela était-il vrai? Ou bien l'autre avait-il acheté les petites tortues? Pouvait-on acheter d'aussi petites tortues? Portait-il d'habitude un corset qui comprimait son gros ventre? Habitait-il ce trou à la cave afin de pouvoir donner une adresse prestigieuse et sortir le matin avec son beau costume d'une belle maison?

La petite tortue qu'il tenait dans la main le faisait presque pleurer. Si jeune et déjà si vieille, si désarmée et si gauche, mais déjà si sage. En même temps, l'autre le mettait en colère. Son allure négligée, son logement miteux, sa soif d'être reconnu — c'est ce raté que Lisa lui avait préféré?

12

Quelques jours plus tard, au petit déjeuner, l'autre sortit l'enveloppe de la poche de sa veste et la posa sur la table. «Je viens de recevoir une importante nouvelle.» Il caressa l'enveloppe de la main. «Une violoniste célèbre va me rendre visite — vous comprendrez que je ne puisse pas vous donner son nom.

Ich werde ihr einen Empfang ausrichten. Bleiben Sie in der Stadt? Darf ich Sie einladen?«

Aber es ging weniger um seine Einladung als darum, ihn als finanziellen Förderer zu gewinnen. »Sie können kommen? Wie schön! Darf ich Sie auch bitten, mir aus einer momentanen Schwierigkeit zu helfen? Bei den Immobilien, mit denen ich zur Zeit zu tun habe, bin ich in einer schon länger drin, als es mir recht ist. Als Folge davon habe ich ein kleines Cash-flow-Problem, das den Empfang nicht beeinträchtigen soll, nicht wahr?«

»Wieviel Geld brauchen Sie?« Er sah den Anderen an, wieder eine gepflegte Erscheinung mit Anzug, Weste, Krawatte und passendem Brusttuch. Die Krawatten und Tüchlein wechselten oft, Anzüge gab es zwei, und die schwarzen Schuhe mit dem Budapester Lochmuster, die immer makellos glänzten, waren immer dieselben. Erst jetzt kam es ihm zu Bewußtsein. Erst jetzt kam ihm auch zu Bewußtsein, daß der Andere bei ihren Spaziergängen durch den Park darauf bestand, daß sie auf den geteerten und gekiesten Wegen gingen, auf denen die Schuhe geschont würden.

Je vais lui préparer une réception. Restez-vous dans notre ville ? Puis-je me permettre de vous inviter ? »

Mais il s'agissait moins d'inviter que d'obtenir le financement. « Vous pouvez venir ? Formidable ! Puis-je également vous demander de m'aider à surmonter une difficulté momentanée ? Dans les affaires immobilières dont je m'occupe en ce moment, il y en a une qui traîne déjà depuis plus longtemps que je ne voudrais. La conséquence en est que j'ai un petit problème de liquidités dont je ne voudrais pas qu'il remette en question la réception, n'est-ce pas ?

— Combien d'argent vous faut-il ? » Il regarda l'autre, qui avait de nouveau une allure soignée avec costume, gilet, cravate et pochette assortie. Les cravates et les pochettes changeaient souvent, quant aux costumes, il y en avait deux, et les chaussures noires aux petites perforations à la mode de Budapest, qui étaient toujours impeccablement cirées, étaient toujours les mêmes. C'est seulement maintenant qu'il le remarquait. Et c'est seulement maintenant aussi qu'il se rendait compte que l'autre, lors de leurs promenades dans le parc, tenait toujours à emprunter les chemins goudronnés et gravillonnés, qui ménageaient ses chaussures.

Daß er mit Immobilien zu tun hatte und in einer schon länger drin war, als ihm recht war — war er in der Jugendstilvilla Hausmeister? Er würde ihm Geld geben. Der Empfang mochte eine Gelegenheit sein, seine Freunde und Bekannten kennenzulernen. Eine Gelegenheit, ihn vor seinen Freunden und Bekannten bloßzustellen.

»Sie kennen die Trattoria Vittorio Emanuele zwei Straßen weiter links? Es ist eines der besten italienischen Restaurants, das ich kenne, und den hinteren Raum, den Raum zum Hof, kann man für eine geschlossene Gesellschaft bekommen. Ich kenne den Wirt. Mehr als dreitausend Mark wird er für ein Essen für zwanzig Personen nicht nehmen.«

»Ein Essen? Ich denke, Sie wollen einen Empfang geben.«

»So stelle ich mir's vor. Helfen Sie mir mit dem Geld aus?«

Noch während er nickte, begann der Andere, Pläne zu machen. Was es zum Essen geben solle. Daß der Aperitif bei schönem Wetter im Hof serviert werden könne, daß Reden gehalten werden sollten. Wen er einladen wolle.

Wen er einladen wolle — bei jedem weiteren Frühstück ging es darum.

Et puis, s'il s'occupait d'affaires immobilières dont l'une traînait plus longtemps qu'il ne l'aurait voulu — était-il concierge dans cette villa modern style? Il lui donnerait de l'argent. La réception serait peut-être une occasion de faire la connaissance de ses amis et de ses proches. Une occasion de le présenter, tel quel, devant ses amis et connaissances.

« Connaissez-vous la trattoria Vittorio Emanuele, deux rues plus loin à gauche? C'est l'un des meilleurs restaurants italiens que je connaisse, et on peut retenir pour une soirée privée la salle du fond, celle qui donne sur la cour. Je connais le patron. Il ne prendra pas plus de trois mille marks pour un repas de vingt couverts.

— Un repas? Je pensais que vous vouliez organiser une réception.

— C'est ainsi que je vois les choses. M'aiderez-vous à sortir de cet embarras financier? »

Alors qu'il était encore en train d'acquiescer, l'autre commença à faire des projets. Il préparait le menu. L'apéritif pourrait, s'il faisait beau, être servi dans la cour, il y aurait des discours. Il dressait la liste de ses invités.

La liste de ses invités : il ne quitta pas ce sujet lors de tous les petits déjeuners qui suivirent.

Langsam gewann aus den möglichen Gästen, die er benannte und beschrieb, sein Leben Gestalt. Er redete von dem Theater, das er einmal gehabt habe, und von Leuten von Theater und Film, nicht oder nicht mehr berühmt, aber der eine und andere Name klang immerhin bekannt. Er erwähnte einen ehemaligen Polizeipräsidenten, einen Domkapitular, einen Professor und einen Bankdirektor; er habe ihnen einmal einen Gefallen getan, und sie kämen sicher gerne. Was für einen Gefallen? Dem Polizeipräsidenten habe er bei einer Geiselnahme einen Hinweis geben können, der Professor und der Bankdirektor hätten ohne ihn nicht rechtzeitig gemerkt, daß ihre halbwüchsigen Kinder Drogenprobleme hatten, und der Domkapitular habe sich mit dem Zölibat schwergetan. Er wolle auch das erste und zweite Brett der Schachmannschaft einladen, in der er das dritte gewesen war. Unter den Immobilienleuten, mit denen er zur Zeit zu tun habe, hätten nur wenige Niveau, aber einen oder zwei könnte er einladen. » Bei meinen internationalen Kontakten muß ich mich leider zurückhalten. Bei ihnen ist Geheimhaltung alles. «

Peu à peu, sa vie prenait forme à partir des éventuels invités qu'il nommait et décrivait. Il parla du théâtre qu'il avait un jour possédé et de gens du théâtre et du cinéma qui n'étaient pas ou plus célèbres, mais tel ou tel nom avait tout de même une consonance familière. Il évoqua un ancien préfet de police, un chanoine de la cathédrale, un professeur d'université et un directeur de banque ; il leur avait autrefois rendu service, et ils viendraient certainement avec plaisir. Quel genre de services ? Il avait pu donner une indication au préfet de police lors d'une prise d'otages, le professeur d'université et le directeur de banque n'auraient pas sans lui remarqué à temps que leurs enfants adolescents avaient un problème de drogue, et le célibat causait des difficultés au chanoine de la cathédrale. Il voulait également inviter le premier et le deuxième maître de l'équipe d'échecs dont il avait été le troisième. Parmi les gens de l'immobilier auxquels il avait affaire en ce moment, rares étaient ceux qui avaient un certain niveau, mais il pourrait en inviter un ou deux. « En ce qui concerne mes contacts internationaux, il faut malheureusement que je sois discret. Avec eux, le secret s'impose. »

Nachdem der Andere dieselben Namen noch mal und noch mal durchgespielt hatte, sagte er : » Und meinen Sohn. «

» Sie haben einen Sohn? «

» Ich habe mit ihm kaum Kontakt gehabt. Sie werden sich erinnern, wie das mit unehelichen Kindern früher war. Als unehelicher Vater konnte man zahlen, aber Besuche, gemeinsame Tage und Ferien gab's nicht. Immerhin weiß mein Sohn, daß ich sein Vater bin. « Er schüttelte den Kopf. » Ich fürchte, er ist, was mich angeht, ein bißchen voreingenommen. Aber gerade darum wär's gut, wenn er mich in meiner Welt sähe, meinen Sie nicht auch? «

Nach Tagen freudiger Planung wurde er ängstlich. Er hatte einen weiteren Brief mit dem Datum des Besuchs bekommen. » Am Samstag in zwei Wochen. Die Trattoria is frei; aber ich muß mich mit den Einladungen beeilen. Und was, wenn niemand kommt? «

» Warum bitten Sie auf den Einladungen nicht um Antwort? «

» U.A.w.g. — natürlich kommt das auf die Einladungen.

Après avoir passé en revue à plusieurs reprises les mêmes noms, l'autre dit : «Et puis mon fils.

— Vous avez un fils?

— Je n'ai guère eu de contacts avec lui. Vous vous souvenez sans doute de la manière dont les choses se passaient autrefois, avec les enfants naturels. Comme père d'un tel enfant, on avait le droit de payer, mais il n'y avait pas de droit de visite, pas de journées ou de vacances passées ensemble. Mais mon fils sait tout de même que je suis son père.» Il hocha la tête. «Je crains qu'il n'ait quelques préjugés à mon égard. Mais c'est justement pour cela qu'il serait bon qu'il me voie dans mon monde, n'est-ce pas aussi votre avis?»

Après des jours de projets joyeusement forgés, il commença à avoir peur. Il avait reçu une nouvelle lettre avec la date de la visite. «Samedi en quinze. La trattoria est libre; mais il faut que je me dépêche pour les invitations. Et que se passera-t-il si personne ne vient?

— Pourquoi ne demandez-vous pas qu'on réponde par courrier aux invitations?»

— Réponse SVP — évidemment, cette formule figurera sur les invitations.

Aber die Antworten können Ab- und Zusagen sein. Schreibe ich: "Zu Ehren der Violinistin… erlaube ich mir, Sie zu einem Essen in der Trattoria Vittorio Emanuele einzuladen", oder schreibe ich: "Aus Anlaß des Aufenthalts der Violinistin… in unserer Stadt erlaube ich mir…", oder lasse ich den Namen weg und schreibe: "Eine alte Freundin und berühmte Violinistin ist zu Besuch in unserer Stadt. Ich erlaube mir, Sie zu einem gemeinsamen Essen…", oder stelle ich am Anfang um: "Eine berühmte Violinistin und alte Freundin…"«

»Ich würde den Namen weglassen. Ich finde die knappen Einladungen die besten.«

Der Andere ließ den Namen weg, ließ sich aber die berühmte Violinistin und alte Freundin nicht nehmen. Zwei Wochen vor dem Termin waren die Einladungen bei den Empfängern. Es begann das Warten auf die Zu- und Absagen.

Er beobachtete die Vorbereitungen, Hoffnungen und Ängste des Anderen mit gemischten Gefühlen. Wenn er Rache suchte, war die Einladung die Gelegenheit, sie zu nehmen, auch wenn er noch nicht wußte, wie er sie nehmen würde. Also hoffte er mit dem Anderen auf Zusagen.

Mais les réponses peuvent être aussi bien des refus que des acceptations. Dois-je écrire : "En l'honneur de la violoniste…, je me permets de vous inviter à un dîner à la trattoria Vittorio Emanuele", ou bien dois-je écrire : "À l'occasion du séjour de la violoniste… dans notre ville, je me permets…", ou bien dois-je m'abstenir de citer le nom et écrire : "Une vieille amie, célèbre violoniste, est de passage dans notre ville. Je me permets de vous inviter à un dîner…", ou bien dois-je inverser les termes au début : "Une violoniste célèbre, une vieille amie…"?

— Je m'abstiendrais de citer le nom. Je trouve que les invitations brèves sont les meilleures. »

L'autre s'abstint de citer le nom, mais ne voulut pas renoncer à la célèbre violoniste et vieille amie. Deux semaines avant la date prévue, les invitations étaient chez les destinataires. L'attente des acceptations ou des refus commença.

Il observait les préparatifs, les espoirs et les craintes de l'autre avec des sentiments mêlés. S'il cherchait une vengeance, l'invitation était l'occasion de se venger, même s'il ne savait pas encore comment. Donc il espérait, comme l'autre, des acceptations.

Also half er mit Geld und Rat. Aber zugleich gönnte er dem Anderen nichts, nicht einmal die Zusagen. Der Andere war ein Geck, ein Aufschneider, ein Schönredner, ein Versager. Er war in seine Ehe eingebrochen. Er war vermutlich auch in andere Ehen eingebrochen. Er hatte vermutlich nicht nur ihn angepumpt, sondern auch andere um ihr Geld betrogen.

Eines Abends gingen sie zusammen zur Trattoria Vittorio Emanuele und probierten den Raum und das Menü. Pâté tricolore, Lamm mit Polenta und *Contorni*, *Torta di ricotta*, dazu Pinot *Grigio* und *Barbera*. Das Essen war hervorragend, aber der Andere sorgte sich um alles und jedes: War die Pâté nicht zu fest? War genug Rosmarin am Lamm? Sollten die Contorni nicht anders gewählt werden? Er sorgte sich, ob Leute kämen, ob sein Sohn käme und was er dächte, ob ihm die Rede gelänge, wie er den Besuch der berühmten Violinistin und alten Freundin sonst zu einem Erfolg machen könne.

Donc il l'aidait de son argent et de ses conseils. Mais en même temps il ne voulait rien passer à l'autre, même pas les acceptations. L'autre était un vieux beau, un vantard, un beau parleur, un raté. Il était entré par effraction dans son couple. Il en avait probablement fait autant avec d'autres couples. L'autre avait également escroqué d'autres personnes, il n'était probablement pas le seul à avoir été tapé.

Un soir, ils allèrent ensemble à la trattoria Vittorio Emanuele et essayèrent la salle et le menu. Pâté tricolore, agneau à la polenta et aux *contorni, torta di ricotta*, le tout arrosé de pinot *grigio* et de *barbera*. La nourriture était excellente, mais l'autre se faisait du souci à tout propos : le pâté n'était-il pas trop dur ? Y avait-il assez de romarin dans l'agneau ? Les *contorni* ne devaient-ils pas être choisis différemment ? Il se faisait du souci à propos des invités : allaient-ils venir ? À propos de son fils : viendrait-il ? que penserait-il ? À propos de son discours : le réussirait-il ? D'une manière générale, à propos de la visite de la célèbre violoniste qui était en même temps une vieille amie : comment pourrait-il en faire un succès ?

Er vertraute sich an : Es handele sich um eine Frau, die ihm und der er einmal sehr nahegestanden habe. Dann fiel ihm ein, daß er einen ehemaligen Nachbarn der Frau vor sich hatte. » Wir haben neulich über sie geredet — erinnern Sie sich? Sie ist eine feine Frau, und Sie sollten keine falschen Schlüsse ziehen. «

13

Die meisten sagten ab. Zusagen kamen von ein paar Leuten von Theater und Film, vom Domkapitular, dem zweiten Brett und dem Sohn. An Stelle derer, die absagten, wurden andere eingeladen. Aber von den zusätzlichen Einladungen war der Andere nicht eigentlich überzeugt; er kannte die, die er einlud, kaum, oder er fand, mit ihnen sei kein Staat zu machen.

Mit dem Wachsen der Schwierigkeiten, das Essen zu einem gelungenen Ereignis zu machen, wurde er kleinlauter. » Sie müssen wissen, daß ich mich in letzter Zeit gesellschaftlich zurückgehalten habe.

Il se confia : il s'agissait d'une femme qui avait autrefois été très proche de lui et dont il avait été très proche. Puis il lui vint à l'esprit qu'il avait en face de lui un ancien voisin de cette femme. «Nous avons récemment parlé d'elle — vous vous souvenez ? C'est une femme bien, vous ne devez pas tirer de tout cela de fausses conclusions.»

13

La plupart des invités déclinèrent l'invitation. Des acceptations arrivèrent de la part de quelques personnalités du théâtre et du cinéma, du chanoine de la cathédrale, du deuxième maître d'échecs et du fils. À la place de ceux qui refusaient, l'autre lança d'autres invitations, mais il n'était pas convaincu ; il connaissait à peine les gens qu'il invitait, ou bien il estimait qu'il n'y avait pas de quoi en faire parade.

À mesure que croissaient les difficultés pour faire du dîner un événement réussi, il devenait plus modeste dans ses propos. «Il faut que vous sachiez que ces derniers temps je me suis tenu un peu à l'écart de la société.

Sie kennen das sicher; manchmal lebt man mehr nach außen und manchmal mehr nach innen. Ich hatte gehofft, mit dem Empfang ins gesellschaftliche Leben zurückzukehren. Gut, daß Sie kommen. Ich kann mich darauf verlassen, nicht wahr?« Eines Tages, beim Weg von der Toilette auf die Terrasse des Cafés, in dem sie frühstückten und Schach spielten, kam er am Telefon vorbei, an dem der Andere gerade von seinem alten Freund, dem ehemaligen Staatssekretär im Innenministerium, sprach. Er fragte nach. »Wer ist der ehemalige Staatssekretär, mit dem Sie befreundet sind?« — »Sie. Haben Sie nicht gesagt, daß Sie im Ministerium gearbeitet haben? Und ein Mann Ihres Formats — ich weiß, was Sache ist, auch ohne daß man's mir sagt.«

Vor wem sollte er den Anderen beim Essen bloßstellen? Vor Gästen, die ebensolche Versager waren wie der Andere selbst? Er hatte sich manchmal ausgemalt, er würde sagen, die berühmte Violinistin, am Kommen leider verhindert, habe ihm als ehemaligem Nachbarn, der ihr in Vorfreude auf das Wiedersehen geschrieben habe, mit einem Brief geantwortet. Sie habe ihn gebeten, den Brief beim Essen vorzulesen.

Vous connaissez certainement cela, parfois on vit davantage vers l'extérieur et parfois davantage vers l'intérieur. J'avais espéré retrouver le chemin de la vie sociale par cette réception. C'est une bonne chose que vous veniez. Je peux y compter, n'est-ce pas?» Un jour, comme il revenait des toilettes et regagnait la terrasse du café où ils prenaient le petit déjeuner et jouaient aux échecs, il passa devant le téléphone, où l'autre était justement en train de parler de son vieil ami, l'ancien secrétaire d'État. Il lui posa la question. «Qui est l'ancien secrétaire d'État avec qui vous êtes lié d'amitié? — Vous. Ne m'avez-vous pas dit que vous avez travaillé au ministère? Et un homme de votre calibre — je sais de quoi il retourne même sans qu'on me le dise.»

Devant qui allait-il démasquer l'autre lors du dîner? Devant des invités qui étaient des ratés tout comme l'autre lui-même? Il s'était parfois figuré qu'il dirait que la célèbre violoniste, qui avait malheureusement un empêchement, lui avait répondu par une lettre, à lui son ancien voisin qui lui avait écrit sa joie de la revoir bientôt. Elle lui avait demandé de lire sa lettre à voix haute lors du dîner.

Im Brief würde er den Anderen der Lächerlichkeit und Verachtung preisgeben, nicht grob und nicht plump, sondern auf scheinbar liebevollste Weise. » Ich freue mich, daß Deine Hoffnungen endlich in Erfüllung gegangen sind. Wie gerne würde ich Deinen Erfolg mit Dir und Euch feiern. Daß ich nicht nur auf Dich, sondern auch auf mich stolz bin — verstehst Du es? Damals, als niemand an Dich geglaubt hat, habe ich an Dich geglaubt und Dir mit meinem Geld helfen können. Und jetzt hast Du's der Welt endlich gezeigt!«

Er war ziemlich sicher, daß das die Hilfe war, die der Andere von Lisa bekommen hatte : Geld. Es war leicht herauszufinden gewesen, daß der Andere mit seinem Theater vor elf Jahren bankrott gemacht hatte. Er hatte nur mit dem jetzigen Eigentümer sprechen müssen. Lisas Bank hatte er nichts gefragt. Aber von der Erbschaft, die sie gleich nach der Hochzeit gemacht hatte, war nach ihrem Tod nichts übrig gewesen. Er hatte sich, als er ihre Bankkonten aufgelöst hatte, gewundert, denn wenn sie das Geld verbraucht oder den Kindern gegeben hätte, hätte er es mitgekriegt.

Dans cette lettre, il livrerait l'autre au ridicule et au mépris, non pas grossièrement et lourdement, mais d'une façon apparemment des plus aimables. «Je suis heureuse d'apprendre que tes espérances se sont enfin réalisées. Comme j'aimerais fêter ton succès avec toi et avec vous tous. Je ne suis pas seulement fière de toi, je suis aussi fière de moi — comprends-tu cela? À l'époque où personne ne croyait en toi, j'ai cru en toi et j'ai pu t'aider grâce à mon argent. Et maintenant tu as enfin montré à la face du monde de quoi tu es capable! »

Il était pratiquement sûr que c'était cela, l'aide que l'autre avait reçue de Lisa : de l'argent. Il avait été facile de découvrir que l'autre, onze ans auparavant, avait fait faillite avec son théâtre. Il lui avait suffi de s'entretenir avec le propriétaire actuel. Il n'avait pas posé de questions à la banque de Lisa. Mais il ne restait plus rien après sa mort de l'héritage qu'elle avait fait juste après leur mariage. Il s'était étonné quand il avait liquidé ses comptes en banque, car, si elle avait dépensé l'argent ou l'avait donné aux enfants, il s'en serait aperçu.

In den ersten Jahren der Ehe hätte ihnen das Geld das Leben leichter machen können, aber sie hatten sich vorgenommen, es nur anzutasten, wenn es nicht anders ginge. Es ging immer anders; sie verdienten bald mehr, als sie verbrauchten. So hatte er sich gewundert. Aber nachzuforschen, wann und wohin die fünfzigtausend verschwunden waren — danach war ihm nach ihrem Tod nicht gewesen.

Er schrieb den Brief nicht, der den Anderen bloßstellen würde. Er schrieb einzelne Absätze im Kopf, aber wenn er sich hinsetzte, um einen Entwurf zu Papier zu bringen, hatte er keine Energie. Zuerst war es noch zu lange hin. Dann wurde angesichts der zu erwartenden Gäste das Vorhaben überhaupt fraglich.

Aber daran lag es nicht, daß ihm die Energie felhte. Auch seine Eifersucht und sein Ärger verloren ihre Kraft. Ja, er war betrogen und bestohlen worden. Aber hatte Lisa nicht genug gebüßt? Und hatte sie ihm in den letzten Jahren nicht in einer Weise gehört, von der der Andere keine Ahnung hatte? Wovon hatte der Andere überhaupt Ahnung?

Dans les premières années de leur mariage, cet argent aurait pu leur rendre la vie plus facile, mais ils s'étaient juré de n'y toucher qu'en dernier recours. Le cas ne s'était jamais présenté ; ils avaient bientôt gagné plus d'argent qu'ils n'en dépensaient. C'est pourquoi il s'était étonné. Mais faire des recherches pour savoir quand et au profit de qui les cinquante mille marks avaient disparu — il n'avait pas eu envie de le faire après sa mort.

Il n'écrivit pas la lettre qui devait démasquer l'autre. Il en écrivit mentalement quelques paragraphes, mais quand il s'assit pour rédiger un brouillon, il n'avait plus d'énergie. D'abord, il y avait encore trop longtemps à attendre. Et puis, vu les invités qu'on pouvait espérer, le projet devenait douteux.

Mais ce n'est pas à cause de cela que l'énergie lui manquait. Sa jalousie et sa colère perdirent elles aussi de leur force. Oui, il avait été trompé et volé. Mais Lisa n'avait-elle pas suffisamment expié ? Et ne lui avait-elle pas appartenu durant ces dernières années d'une manière dont l'autre n'avait aucune idée ? À quel propos d'ailleurs l'autre avait-il quelque idée que ce soit ?

Er war ein Versager, ein Blender, und wäre es Lisa damals nicht schlechtgegangen, hätte er bei ihr keine Chance gehabt. Um Eifersucht, Ärger zu wecken, war er zu mies.

Er beschloß abzureisen. Zuerst wollte er den Anderen in seinem Kellerloch besuchen und sich von ihm verabschieden. Dann verschob er es auf das nächste Frühstück.

»Ich reise heute ab.«

»Wann kommen Sie wieder? Es sind nur noch drei Tage.«

»Ich komme nicht wieder. Ich will auch mein Geld nicht wieder. Essen Sie mit denen, die kommen. Lisa wird nicht kommen.«

»Lisa?«

»Lisa, Ihre Braune, meine Frau. Sie ist im letzten Herbst gestorben. Sie haben nicht mit ihr korrespondiert, sondern mit mir.«

Der Andere senkte den Kopf. Er nahm die Hände vom Tisch, legte sie in den Schoß und ließ Kopf und Schultern hängen. Der Zeitungsverkäufer kam, legte wortlos eine Zeitung hin und nahm sie wortlos wieder weg.

C'était un raté, un jeteur de poudre aux yeux, et, si Lisa n'avait pas eu des problèmes à l'époque, il n'aurait eu aucune chance avec elle. Pour susciter la jalousie et la colère, il était vraiment trop minable.

Il décida de reprendre le train. Mais il voulait d'abord rendre visite à l'autre dans le trou de cave où il logeait et prendre congé de lui. Puis il repoussa la chose au petit déjeuner du lendemain.

«Je reprends le train aujourd'hui.

— Quand reviendrez-vous? Il ne reste plus que trois jours.

— Je ne reviendrai pas. Et puis je ne veux pas non plus récupérer mon argent. Dînez avec les invités qui viendront. Lisa ne viendra pas.

— Lisa?

— Lisa, votre brune, ma femme. Elle est morte à l'automne dernier. Ce n'est pas avec elle que vous avez échangé une correspondance, mais avec moi. »

L'autre baissa la tête. Il enleva ses mains de la table, les posa sur ses genoux et resta là, la tête et les épaules baissées. Le marchand de journaux arriva, posa un journal sur la table sans dire un mot et le reprit sans dire un mot.

Die Kellnerin fragte : » Darf's noch was sein ? « und bekam keine Antwort. Ein Cabriolet fuhr an den Straßenrand und hielt im Halteverbot; zwei Frauen stiegen aus, gingen lachend über den Bürgersteig und setzten sich lachend einen Tisch weiter. Ein Terrier schnüffelte von Tisch zu Tisch und an den Beinen des Anderen. » Woran ist sie gestorben ? «

» Krebs. «

» War es schlimm ? «

» Sie ist ganz dünn geworden, so dünn, daß ich sie auf einem Arm tragen konnte. Die Schmerzen waren nicht schlimm, auch am Ende nicht. Das kriegt man heute in den Griff. «

Der Andere nickte. Dann sah er auf. » Sie haben meinen Brief an Lisa gelesen ? «

» Ja. «

» Dann wollten Sie rausfinden, was ich für Lisa war? Wer ich bin? Sie wollten sich an mir rächen ? «

» So etwa. «

» Wissen Sie's jetzt ? « Als er keine Antwort bekam, fuhr er fort. » Das Rächen hat sich erledigt, weil ich ohnehin ein Versager bin. Stimmt's ?

La serveuse demanda : «Vous voulez autre chose?» et ne reçut pas de réponse. Un cabriolet vint se garer au bord du trottoir en stationnement interdit; deux femmes en descendirent, traversèrent le trottoir en riant et vinrent s'asseoir, riant toujours, à une table voisine. Un fox-terrier allait de table en table en reniflant et vint flairer les jambes de l'autre. «De quoi est-elle morte?

— Du cancer.

— Ç'a été très dur?

— Elle est devenue toute maigre, tellement maigre que je pouvais la porter sur un seul bras. Les douleurs n'étaient pas insupportables, même à la fin. Aujourd'hui, on maîtrise ce genre de choses.»

L'autre acquiesça. Puis il leva les yeux. «Vous avez lu la lettre que j'ai adressée à Lisa?

— Oui.

— Et puis vous avez voulu découvrir ce que j'étais pour Lisa? Qui je suis? Vous vouliez vous venger de moi?

— C'est à peu près ça.

— Vous le savez maintenant?» Comme il ne recevait pas de réponse, il poursuivit. «La vengeance a perdu sa nécessité, parce que je suis de toute façon un raté. N'est-ce pas?

Ein Aufschneider, der von den alten Zeiten schwadroniert, als seien sie gut und golden gewesen und nicht Blech und Bankrott und Gefängnis. Was? Das haben Sie noch nicht gewußt? Jetzt wissen Sie's. «

»Warum?«

»Ihre Frau hat meine Schulden und beim zweiten Prozeß meinen Verteidiger bezahlt, aber die Bewährung vom ersten war dahin. Ich hatte versucht, mein Theater zu retten. «

»Dafür…«

»… kommt man nicht ins Gefängnis? Kommt man doch, wenn man tut, als wäre alles besser, als es ist, als gäb's Geld, wo keines ist, und Verträge, wo weit und breit nicht einmal Interessenten sind, und Zusagen von Schauspielern, die man noch nie gesehen hat und mit denen man noch nie geredet hat. Aber das wissen Sie doch. Haben Sie mir nicht geschrieben, daß ich die Dinge schönrede? Ja, ich mache sie schön. Ich mache sie schöner, als sie es sonst wären. Ich kann es, weil ich in ihnen Schönes sehe, das Sie nicht darin sehen. «

Der Andere richtete sich auf. »Ich kann nicht sagen, wie leid mir Lisa tut. « Er schaute herausfordernd.

Un vantard qui parade à propos de l'ancien temps comme s'il avait été fait de belles années dorées et non de misère, de faillite et de prison. Comment ? Vous ne le saviez pas encore ? Vous le savez maintenant.

— Pourquoi ?

— Votre femme a payé mes dettes et mon avocat lors du second procès ; mais le sursis du premier avait expiré. J'avais essayé de sauver mon théâtre.

— Et c'est pour ça...

— ... pour ça, on ne va pas en prison ? On y va pourtant, quand on fait comme si tout allait mieux que ça ne va, comme s'il y avait de l'argent là où il n'y en a pas, et des contrats alors qu'il n'y a personne d'intéressé à la ronde, et des réponses positives d'acteurs qu'on n'a encore jamais vus et à qui on n'a encore jamais parlé. Mais vous savez bien tout cela. Ne m'avez-vous pas écrit que j'enjolive les choses par des mots ? Oui, je les rends belles. Je les rends plus belles qu'elles ne seraient autrement. Je peux le faire parce que je vois en elles des beautés que vous n'y voyez pas. »

L'autre se redressa. « Je ne peux pas dire à quel point j'ai de la peine pour Lisa. » Il eut un regard de défi.

»Sie tun mir nicht leid. Denn ich will Ihnen noch etwas sagen. Lisa ist bei Ihnen geblieben, weil sie Sie geliebt hat, noch in schlechten Tagen mehr als mich in guten. Fragen Sie mich nicht, warum. Aber mit mir war sie glücklich. Und ich will Ihnen auch sagen, warum. Weil ich ein Aufschneider bin, ein Schwadroneur, ein Versager. Weil ich nicht das Monster an Effizienz, Rechtschaffenheit und Griesgrämigkeit bin, das Sie sind. Weil ich die Welt schön mache. Sie sehen nur, was sich Ihnen darbietet, und nicht, was sich darunter verbirgt.« Er stand auf. »Ich hätte es merken können. Die Briefe klangen so griesgrämig, wie Sie griesgrämig klingen. Ich habe sie mir schöngelesen.« Er lachte. »Machen Sie's gut.«

14

Er fuhr nach Hause. Hinter der Haustür lagen die Briefe, die der Postbote durch den Schlitz geworfen hatte, und Benachrichtigungen über Päckchen, die auf dem Postamt lagerten. Die Putzfrau war, nachdem er sie gebeten hatte, ihm die Post nachzuschicken, nicht mehr im Haus gewesen.

«Vous ne me faites pas de peine. Car je vais encore vous dire quelque chose. Lisa est restée avec vous parce qu'elle vous aimait, plus encore dans les mauvais jours que moi dans les bons. Ne me demandez pas pourquoi. Mais, avec moi, elle était heureuse. Et je vais aussi vous dire pourquoi. Parce que je suis un matamore, un vantard, un raté. Parce que je ne suis pas le monstre d'efficacité, d'honnêteté et d'humeur grincheuse que vous êtes. Parce que je rends le monde beau. Vous ne voyez que ce qui s'offre à vous et non ce qui se cache dessous.» Il se leva. «J'aurais pu le remarquer. Les lettres avaient un ton grincheux, tout aussi grincheux que votre ton. Je les ai enjolivées en les lisant.» Il éclata de rire. «Portez-vous bien.»

14

Il rentra chez lui. Derrière la porte, il y avait les lettres que le facteur avait glissées par la fente, ainsi que des avis concernant des colis qui l'attendaient à la poste. La femme de ménage n'était pas revenue depuis qu'il lui avait demandé de faire suivre le courrier.

Sie hatte auch den Müll stehengelassen, den er bei seiner Abreise aus der Küche geräumt, aber im Flur vergessen hatte. Jetzt stanken Flur und Treppenhaus. Die Blumen, die Lisa geliebt und die er ihr zum Andenken gepflegt hatte, waren grau verdorrtes, geschrumpftes Geranke auf rissiger Erde.

Er machte sich sofort an die Arbeit. Er trug den Müll und die Blumen raus, putzte die Küche, taute den Eisschrank ab und wischte ihn aus, saugte Wohn- und Schlafzimmer, bezog das Bett und wusch Wäsche. Er holte die Päckchen vom Postamt, die noch nicht wieder zurückgeschickt worden waren, kaufte ein und schaute im Garten, worum er sich in den nächsten Tagen und Wochen würde kümmern müssen.

Am Abend war er fertig. Es war spät; als er die letzte Wäsche in der Maschine gewaschen und zum Trocknen aufgehängt hatte, war Mitternacht. Er war zufrieden. Er hatte ein unerfreuliches Kapitel abgeschlossen. Er hatte sein Haus in Ordnung gebracht. Am nächsten Morgen würde er beginnen, wieder sein Leben zu leben.

Aber am nächsten Morgen wachte er auf, wie er aufgewacht war, ehe er zu seiner Reise aufgebrochen war.

Elle avait même laissé les ordures qu'il avait débarrassées de la cuisine lors de son départ mais qu'il avait oubliées dans le couloir. Maintenant, le couloir et la cage d'escalier puaient. Les fleurs que Lisa avait aimées et qu'il avait soignées en souvenir d'elle n'étaient plus que des vrilles desséchées et ratatinées, émergeant d'une terre crevassée.

Il se mit aussitôt au travail. Il sortit les ordures et les fleurs, nettoya la cuisine, dégivra le réfrigérateur et l'essuya, passa l'aspirateur dans le salon et dans la chambre, refit le lit et lava du linge. Il alla chercher à la poste les colis qui n'avaient pas encore été renvoyés à l'expéditeur, fit des courses et regarda dans le jardin de quoi il aurait à s'occuper dans les jours et les semaines à venir.

Le soir, il avait terminé. Il était tard ; quand il eut fini la dernière lessive et l'eut étendue, il était minuit. Il était content. Il avait mis le point final à un chapitre désagréable. Il avait remis de l'ordre dans sa maison. Le lendemain matin, il se remettrait à vivre sa nouvelle vie.

Mais, le lendemain matin, il se réveilla dans le même état d'esprit qu'avant de partir en voyage.

Die Sonne schien, die Vögel sangen, durch das Fenster kam ein weicher Wind, und die Bettwäsche roch frisch. Er war glücklich, bis ihm alles einfiel : die Briefe, die Affäre, seine Eifersucht und sein Ärger, sein Überdruß. Nein, er hatte nichts abgeschlossen. Er war auch nirgendwo angekommen, weder unten, wo er wieder von vorne anfangen konnte, noch in seinem alten Leben noch in einem neuen. Sein altes Leben war ein Leben mit Lisa gewesen, auch noch nach ihrem Tod, auch noch, nachdem er von der Affäre erfahren hatte und eifersüchtig geworden war. Über der Kampagne gegen den Anderen hatte er Lisa verloren. Sie war ihm fremd geworden, wie ihm der Andere fremd war, ein Posten in seinem Liebes-, Eifersuchts-, Aufklärungs- und Rachekalkül, dessen er nun überdrüssig war. Hier hatte sie neben ihm gelegen und hatte er sie auch nach ihrem Tod so lebendig erinnert, daß ihm manchmal gewesen war, als müsse er nur den Arm ausstrecken und könne sie berühren. Jetzt war neben ihm nur ein leeres Bett.

Er machte sich im Garten an die Arbeit.

Le soleil brillait, les oiseaux chantaient, un vent doux lui parvenait à travers la fenêtre, et la literie respirait la fraîcheur. Il fut heureux jusqu'au moment où tout lui revint à l'esprit : les lettres, la liaison, sa jalousie et sa colère, son exaspération. Non, il n'avait mis un terme à rien. Il n'était non plus arrivé nulle part, ni en bas, là où il aurait pu repartir de zéro, ni dans son ancienne vie ni dans une nouvelle. Son ancienne vie avait été une vie avec Lisa, même après sa mort, même après qu'il avait appris sa liaison et était devenu jaloux. La campagne qu'il avait menée contre l'autre lui avait fait perdre Lisa. Elle lui était devenue étrangère tout comme l'autre lui était étranger, un simple élément dans l'ensemble de son calcul d'amour, de jalousie, d'information et de vengeance, calcul dont il avait maintenant plus qu'assez. C'est ici qu'elle avait été couchée près de lui et qu'il s'était souvenu d'elle, même après sa mort, de manière tellement vivante qu'il avait parfois l'impression qu'il lui suffirait de tendre le bras pour la toucher. À présent, il n'y avait plus auprès de lui qu'un lit vide.

Il se mit au travail dans le jardin.

Er mähte, beschnitt, hackte, jätete, kaufte und setzte neue Pflanzen und sah, daß die Platten des Sitzplatzes unter der Birke neu verlegt und der Zaun an der Straße neu gestrichen werden mußten. Er beschäftigte sich zwei Tage lang im Garten und sah, daß er sich noch drei, vier und fünf Tage lang beschäftigen könnte. Aber daß er mehr als das Beet oder die Rosen oder den Buchs, daß er sein Leben in Ordnung brächte, wenn er mit Hacke, Rechen und Schere arbeitete, glaubte er schon am zweiten Tag nicht mehr.

Er glaubte auch nicht mehr ans Fallen und daran, unten anzulangen und wieder von vorne anzufangen. Er hatte das Bild geliebt und sich den Fall und das Aufkommen schmerz- und schwerelos vorgestellt. Aber Fallen konnte ganz anders sein. Wenn er fiel, dann vielleicht, um krachend aufzuschlagen und mit gebrochenen Gliedern und zerplatztem Schädel liegenzubleiben.

Am dritten Tag hörte er mit der Arbeit auf. Es ging auf Mittag zu; er räumte Farbe und Pinsel weg und hängte das Schild »Frisch gestrichen« an den halbfertigen Zaun. Er schaute im Fahrplan nach den Verbindungen nach der Stadt im Süden. Er mußte sich beeilen.

Il faucha, tailla, bina, sarcla, acheta et mit en terre de nouvelles plantes, constata que les lattes de la banquette installée sous le bouleau devaient être changées et qu'il fallait repeindre la palissade le long de la rue. Il travailla pendant deux jours au jardin et vit qu'il pourrait encore y travailler trois, quatre, cinq jours. Mais, dès le second jour, il ne crut plus qu'il pourrait remettre en ordre plus que la plate-bande ou les roses ou le buis ; il sut qu'il ne pourrait remettre sa vie en ordre à coups de binette, de râteau et de sécateur.

Il ne croyait plus non plus à la chute ni à l'idée de toucher le fond et de repartir de zéro. Il avait aimé cette image et s'était représenté la chute et la remontée comme des processus sans douleur et sans pesanteur. Mais une chute pouvait être toute différente. S'il tombait, ce serait peut-être pour s'écraser dans un grand fracas et pour rester sur le carreau, les membres brisés et le crâne éclaté.

Le troisième jour, il cessa de travailler. Il était près de midi ; il rangea sa peinture et ses pinceaux et accrocha à la palissade à moitié terminée la pancarte « Peinture fraîche ». Il regarda dans l'indicateur des chemins de fer les heures des trains pour la ville du Sud. Il fallait qu'il se dépêche.

Der Empfang sollte um sieben Uhr beginnen; der Andere hatte es ihm oft genug gesagt und auch im letzten Brief an Lisa geschrieben, der unter der Post war.

Als er im Zug saß, fragte er sich, ob er nicht an der nächsten Station aussteigen und umkehren solle, und als er ankam, ob er nicht ins Hotel fahren, ein, zwei Tage in der Stadt verbringen und endlich einfach deren Schönheit genießen solle. Aber die Adresse, die er dem Fahrer der Taxe gab, war die Adresse der Trattoria Vittorio Emanuele, und dort stieg er aus, ging hinein und in den Raum zum Hof. Die Türen zum Hof waren offen, im Hof standen die Gäste zu zweien und dreien mit Gläsern und kleinen Tellern, und der Andere ging von Gruppe zu Gruppe. Dunkler Seidenanzug, dunkles Hemd, Krawatte und Brusttuch zueinander passend, die vertrauten schwarzen Schuhe mit dem Budapester Lochmuster, das Haar voll und schwarz, das Gesicht lebhaft, Haltung und Bewegungen leicht und sicher — er war der Star. Hatte er den Anzug geliehen? Hatte er die Haare gefärbt? Trug er ein Korsett, oder zog er den Bauch so gut ein?

La réception devait commencer à sept heures ; l'autre le lui avait dit assez souvent et l'avait également écrit dans sa dernière lettre à Lisa, qui se trouvait dans le courrier.

Une fois assis dans le train, il se demanda s'il ne devait pas descendre à la première gare et faire demi-tour, et il se demanda en arrivant s'il ne devait pas aller à l'hôtel, passer une ou deux journées dans la ville et en apprécier enfin tout simplement la beauté. Mais l'adresse qu'il donna au chauffeur de taxi était celle de la Trattoria Vittorio Emanuele, et c'est là qu'il descendit ; il entra et pénétra dans la salle qui donnait sur la cour. Les portes qui y menaient étaient ouvertes, et les invités se tenaient dans la cour par groupes de deux ou trois, avec leurs verres et leurs petites assiettes, l'autre passant de groupe en groupe. Costume de soie sombre, chemise sombre, cravate et pochette assorties, les chaussures noires bien connues avec leurs perforations à la mode de Budapest, les cheveux fournis et noirs, le visage animé, l'attitude et les gestes pleins d'aisance et d'assurance — il était la vedette. Avait-il loué le costume ? Avait-il les cheveux teints ? Portait-il un corset, ou savait-il si bien rentrer le ventre ?

Als er sich das fragte und selbst den Bauch einzuziehen versuchte, sah der Andere ihn und kam zu ihm. » Wie schön, daß Sie gekommen sind ! «

Der Andere führte ihn herum und stellte ihn als Staatssekretär a. D. vor. Wenn ich Staatssekretär a. D. bin, wer mag sich hinter dem Domkapitular und den Schauspielern und Schauspielerinnen verbergen? Wer hinter den verlegen lächelnden Kollegen aus der Immobilienbranche und den lauten Frauen von der Haute Couture? Das zweite Brett war echt; ein Rentner, der früher Lastwagen gefahren war und mit denselben ausholenden Armbewegungen, mit denen er Lastwagen durch Kurven gesteuert hatte, seine Erfolge am Schachbrett beschrieb. Echt war auch der Sohn, ein etwa dreißig Jahre alter Fernsehtechniker, der seinen Vater und die Gäste mit interessierter, gelassener Verwunderung betrachtete.

Der Andere war ein vollendeter Gastgeber. Wo ein Glas oder ein Teller leer war, ein Gast alleine stand, das Gespräch stockte

Alors qu'il se posait ces questions et essayait lui-même de rentrer le ventre, l'autre l'aperçut et vint vers lui. « Quel bonheur que vous soyez venu ! »

L'autre le promena de groupe en groupe, le présentant comme secrétaire d'État en retraite. Si je suis secrétaire d'État en retraite, qui peut bien se dissimuler derrière le chanoine de la cathédrale et les acteurs et les actrices ? Qui se cache derrière ces confrères de l'immobilier au sourire embarrassé, et derrière ces femmes bruyantes de la haute couture ? Le second maître d'échecs était authentique ; c'était un retraité qui avait été autrefois chauffeur routier et qui décrivait ses succès sur l'échiquier avec les mêmes grands gestes des bras qu'il avait jadis pour prendre les virages avec son camion. Authentique également, le fils : un technicien de la télévision, environ trente ans, qui observait son père et les invités avec un étonnement calme et intéressé.

L'autre était un maître de maison accompli. Partout où un verre ou une assiette était vide, où un invité se trouvait seul, où la conversation stagnait

— ihm entging nichts, und er brachte den Kellner auf Trab, zog die alleine Stehenden ins Gespräch und gruppierte seine Gäste immer wieder neue, bis alle sich so gefunden hatten, daß sie gerne miteinander redeten. Nach einer halben Stunde war der Hof erfüllt vom Gewirr der Stimmen.

Als es dunkel wurde, bat der Andere seine Gäste hinein. Aus kleinen Tischen war eine große Tafel gestellt worden. Der Andere führte jeden an seinen Platz, setzte am oberen Ende den Staatssekretär a. D. rechts neben sich und den Domkapitular links und neben diese beiden an den Längsseiten zwei Frauen von der Haute Couture. Als alle saßen, blieb er stehen. Seine Gäste sahen es und wurden still.

»Ich hatte Sie eingeladen, weil ich mit Ihnen den Besuch einer alten Freundin feiern wollte. Sie kommt nicht. Sie ist gestorben. Aus dem Wiedersehens- und Willkommensessen ist ein Abschiedsessen geworden.

Das heißt nicht, daß wir nicht fröhlich sein dürfen. Ich selbst bin fröhlich, weil Sie gekommen sind, meine Freundinnen und Freunde, mein Sohn, Lisas Mann.« Er legte ihm die Hand auf die Schulter.

— rien ne lui échappait, et il accélérait le service du garçon, entraînait les invités isolés dans une conversation et groupait ses invités en constellations toujours nouvelles jusqu'à ce que tous se soient trouvés en situation de bavarder ensemble avec plaisir. Au bout d'une demi-heure, la cour était remplie du murmure des voix.

Quand le soir tomba, l'autre pria ses invités de rentrer. On avait regroupé de petites tables pour en faire une grande. L'autre conduisit chacun à sa place, installa au haut bout de la table le secrétaire d'État en retraite à sa droite et le chanoine de la cathédrale à sa gauche, et à côté de ces deux derniers, sur les côtés, deux dames de la haute couture. Quand tous furent assis, il resta debout. Ses invités le remarquèrent et firent silence.

« Je vous avais invités parce que je voulais célébrer avec vous la visite d'une vieille amie. Elle ne viendra pas. Elle est morte. Le dîner de retrouvailles et de bienvenue s'est transformé en un dîner d'adieu.

Cela ne veut pas dire que nous n'avons pas le droit de nous réjouir. Moi-même, je me réjouis parce que vous êtes venus, vous mes amies et amis, mon fils, le mari de Lisa. » Il lui posa la main sur l'épaule.

»So muß ich nicht einsam Abschied nehmen. Ich muß nicht traurig Abschied nehmen von Lisa, die eine fröhliche Frau war.«

War meine Frau eine fröhliche Frau? Er spürte eine Welle von Eifersucht. Er wollte nicht, daß sie mit dem Anderen fröhlich gewesen war und mit ihm nicht, daß sie mit dem Anderen fröhlicher gewesen war als mit ihm. Mit ihm — er erinnerte sich an Lisa, die strahlte, lachte, glücklich war, die ihn anlachte, ihm zulachte, ihn mit ihrem Glück über die Kinder oder eine Musik oder den Garten anstecken wollte. Es waren seltene Erinnerungen. Eine fröhliche Frau?

Der Andere redete von Lisas Geigenspiel und der Vielfalt ihres Repertoires und ihrer Interpretationen und redete Lisa vom ersten Pult der zweiten Geige zur Solistin schön. Aber dann erzählte er, wie er sie in Mailand die erste Variation des Adagios von Joseph Haydns Streichquartett opus 76 Nr. 3 hatte spielen hören. Er erzählte, als höre er, wie ihre Geige das ruhige Auf und Ab, mit dem die Melodie beginnt, mit spielerischem und zugleich abgemessenem Schritt umtanzt

« Cela me permet de ne pas être obligé de dire adieu tout seul. Il ne faut pas que je dise adieu dans la tristesse à Lisa, qui était une femme gaie. »

Ma femme était-elle une femme gaie ? Il ressentit une bouffée de jalousie. Il ne voulait pas qu'elle eût été gaie avec l'autre et pas avec lui. Avec lui — il se souvenait de Lisa rayonnante, riante, heureuse, qui le regardait en riant, qui lui adressait son rire, qui voulait lui communiquer par contagion son bonheur à propos des enfants ou à propos d'une musique ou bien du jardin. C'étaient des souvenirs rares. Une femme gaie ?

L'autre parla du jeu de Lisa et de la variété de son répertoire de violoniste et de ses interprétations, enjolivant le rôle de Lisa en la faisant passer du premier pupitre de deuxième violon à la place de soliste. Mais ensuite il raconta comment il l'avait entendue jouer à Milan la première variation de l'adagio du quatuor à cordes opus 76 n° 3 de Joseph Haydn. Il raconta cela comme s'il entendait son violon entourer d'une danse le paisible va-et-vient par lequel commence la mélodie, d'un pas enjoué mais en même temps mesuré.

Wie sie die absinkende Melodie mit dem einen und anderen Schluchzen hinabbegleitet, ehe sie sie ermuntert, sich noch mal mit einem kleinen Schlenker erwartungsvoll aufzurichten. Dann nimmt die Melodie einen neuen Anlauf, beginnt wieder mit einem ruhigen Auf und Ab, steigt danach fordernd auf, verweilt stolz auf einem Akkord wie auf einer Terrasse, steigt dort auf einer breiten Treppe durch einen schönen Garten hinab, voll heiterer Würde, ehe sie sich dankbar und huldvoll mit einem Nicken verabschiedet. Und Lisas Geige umtanzt wieder das Auf und Ab und tritt dann mehrmals tief und fest auf, um der Forderung Nachdruck zu geben, ehe sie dem Stolz, mit dem die Melodie auf der Terrasse verweilt, und der Würde, mit der sie die Treppe hinabsteigt, trotz aller Bewegtheit der Variation ihre Reverenz erweist. Aber bei der Wiederholung schwingt sie sich mit kühnem Sprung zum Terrassenakkord auf, noch ehe die Melodie dort ankommt — wie ein Aufbegehren.

Der Andere machte eine Pause. Hatte er sie das Stück am Abend vor der ersten Begegnung spielen hören?

Comme s'il l'entendait accompagner le retour au silence de la mélodie par l'un ou l'autre sanglot, avant qu'elle ne l'encourage à se redresser encore avec un petit sursaut. Puis la mélodie prend un nouvel élan, recommence par un paisible va-et-vient et monte ensuite dans un défi, s'attarde fièrement sur un accord comme s'il s'agissait d'une terrasse et redescend un large escalier à travers un beau jardin, avec une dignité sereine, avant de prendre congé avec des remerciements pleins de grâce et une inclination de la tête Et le violon de Lisa danse de nouveau autour de ce va-et-vient, puis s'affirme à plusieurs reprises, profond et solide, afin de donner du poids à l'exigence, avant de manifester son respect à la fierté avec laquelle la mélodie s'attarde sur la terrasse et à la dignité avec laquelle elle descend l'escalier, malgré le caractère très animé de la variation. Mais, lors de la reprise, il rejoint d'un bond audacieux l'accord de la terrasse avant même que la mélodie n'y parvienne — comme une soudaine protestation.

L'autre fit une pause. L'avait-il entendue jouer ce morceau le soir qui avait précédé leur première rencontre?

Auf den längeren Tourneen des Orchesters trat immer auch das Quartett auf, das der Konzertmeister mit Lisa, der Bratschistin und dem Cellisten des Orchesters gebildet hatte. Hatte er sie dabei gesehen und sich dabei in sie verliebt? Sich verliebt, weil sie, die zarte Frau, mit einer solchen Kraft, Klarheit und Leidenschaft gespielt hatte, daß es ihn danach verlangte, etwas davon abzukriegen? So spielte sie. Als sie sich noch nicht lange kannten, hatte er es auch gesehen. Später hatte er nicht mehr aufgepaßt. Später war Lisa eben seine Frau, die am ersten Pult der zweiten Geige spielte und oft abends nicht für ihn da war, obwohl er sie gebraucht hätte und sie nicht einmal ordentlich verdiente.

Der Andere hatte Lisa nicht zur Solistin schöngeredet. Er hatte gesehen, was für eine wunderbare Geigerin sie war. Ob Solistin, erste oder zweite Geige, ob mehr oder weniger erfolgreich, mehr oder weniger berühmt — das war ihm ganz unwichtig.

Lors des tournées assez longues de l'orchestre, le quatuor que le premier violon avait constitué avec Lisa, l'altiste et le violoncelliste de l'orchestre se produisait également. L'avait-il vue à cette occasion, et était-il alors tombé amoureux d'elle ? Tombé amoureux parce qu'elle, cette femme fragile, avait joué avec une telle force, une telle clarté et une telle passion qu'il avait ressenti le désir d'en obtenir sa petite part ? Voilà comment elle jouait. Alors qu'ils ne se connaissaient pas encore depuis longtemps, il l'avait lui aussi constaté. Par la suite, il n'y avait plus prêté attention. Par la suite, Lisa était sa femme, c'est tout, elle jouait au premier pupitre de second violon, et souvent elle n'était pas là pour lui le soir alors qu'il aurait eu besoin d'elle et qu'il ne la méritait même pas vraiment.

L'autre n'avait pas enjolivé le jeu de Lisa en faisant d'elle une soliste. Il avait su quelle merveilleuse violoniste elle était. Qu'elle fût soliste, premier violon ou second violon, qu'elle eût plus ou moins de succès — cela était sans importance pour lui.

Er redete nicht schön, sondern fand schön, fand Schönheit, wo andere sie verstellten und verkannten, und nahm die Attribute, die andere zum Ausdruck ihrer Bewunderung verwendeten, zum Ausdruck seiner eigenen. Wenn die anderen sich nur unter einer berühmten Geigerin eine wunderbare Geigerin vorstellen konnten, dann mußte er eben von der wunderbaren als einer berühmten sprechen. Ähnlich sah er wohl in sich das Zeug zum *Troubleshooter*, zum Polospieler und zum Herren eines preisgekrönten Dobermanns. Vielleicht hatte er auch das Zeug dazu. Denn die Schönheit, die er pries, enthielt nicht nur eine höhere, sondern eine handfeste Wahrheit; immerhin redete er nicht über Auftritte von Lisa als Solistin, auch wenn sein Rühmen und Preisen für die Gäste so klingen mochte und niemand sich daran gestört hatte, sondern über ein Stück, in dem sie ausnahmsweise den entscheidenden, prägenden, leuchtenden Part spielte.

Auch Lisas Fröhlichkeit war wahr.

Il n'enjolivait pas les choses, il les trouvait belles, il trouvait la beauté là où les autres la déformaient ou la méconnaissaient, et prenait les attributs que les autres employaient pour exprimer leur admiration afin d'exprimer la sienne. Si les autres ne pouvaient se représenter une merveilleuse violoniste que comme une violoniste célèbre, il fallait bien qu'il parle de la merveilleuse violoniste comme d'une violoniste célèbre. C'est probablement d'une manière analogue qu'il se voyait lui-même avec l'étoffe d'un *troubleshooter*, d'un joueur de polo et d'un maître de doberman lauréat de nombreux prix. Peut-être en avait-il effectivement l'étoffe. Car la beauté qu'il célébrait ne contenait pas seulement une vérité supérieure, mais aussi une vérité à toute épreuve ; de toute façon, il ne parlait pas du jeu de Lisa en tant que soliste, même si ses louanges et sa célébration pouvaient être comprises ainsi par les invités et même si cela n'avait dérangé personne, il parlait d'un morceau dans lequel par exception le second violon joue la partie décisive, essentielle, lumineuse.

La gaieté de Lisa était vraie elle aussi.

Lisa war nicht mit dem Anderen fröhlich gewesen und mit ihm nicht, war mit dem Anderen nicht fröhlicher als mit ihm gewesen. Lisa hatte auf vielfältige Weise fröhlich gegeben, fröhlich genommen und andere fröhlich gemacht. Die Fröhlichkeit, die sie ihm gegeben hatte, war keine geringere, sondern gerade die, der sich sein schwerfälliges und griesgrämiges Herz öffnen konnte. Sie hatte ihm nichts vorenthalten. Sie hatte ihm alles gegeben, was er zu nehmen fähig gewesen war.

Der Andere war mit der Rede fertig und hob das Glas. Der Sohn stand auf, alle standen auf, und sie tranken im Stehen auf Lisa. Später hielt der Sohn eine kleine Rede auf seinen Vater. Auch der Domkapitular redete; er sprach über die heilige Elisabeth von Ungarn und die heilige Elisabeth von Portugal, die ihren Mann und ihren Sohn miteinander versöhnt hatte. Er hatte zu schnell zu viel getrunken und war verwirrt. Eine Schauspielerin setzte zu einer Rede über die Frauen und die Künste an und kam nach wenigen Worten über die Musik zuerst auf das Theater und dann auf sich zu sprechen.

Lisa n'avait pas été gaie avec l'autre et triste avec lui, elle n'avait pas été plus gaie avec l'autre qu'avec lui. Lisa avait, de multiples façons, donné et pris les choses avec gaieté, tout comme elle avait rendu les autres gais. La gaieté qu'elle lui avait donnée à lui, son mari, n'était pas moindre, mais juste celle à laquelle pouvait accéder son cœur lourd et grincheux. Elle ne lui avait rien dérobé. Elle lui avait donné tout ce qu'il était capable de prendre.

L'autre avait terminé son discours et leva son verre. Le fils se leva, tous se levèrent, et ils burent debout à Lisa. Ensuite, le fils fit un petit discours sur son père. Le chanoine de la cathédrale prononça lui aussi une allocution ; il parla de sainte Élisabeth de Hongrie et de sainte Élisabeth du Portugal, qui avait réconcilié son mari et son fils. Il avait bu trop et trop vite, et il s'embrouillait. Une actrice se lança dans un discours sur les femmes et les arts, et, après quelques mots sur la musique, se mit à parler d'abord du théâtre et ensuite d'elle-même.

Das zweite Brett erhob sich, schlug klingend mit der Gabel an das Glas und bat mit schwerer Zunge um Aufmerksamkeit. Er sei kein Mann großer Worte, aber wenn die Damenbauer-Eröffnung, an der er seit vielen Jahren arbeite, fertig sei, werde er sie Lisas Eröffnung nennen.

Sie feierten bis in die tiefe Nacht. Als er sich von allen verabschiedet hatte, lief er durch leere Straßen zum Bahnhof. Dort wartete er auf dem Bahnsteig, bis er in den ersten Zug nach Hause steigen konnte. Als der Zug die Stadt hinter sich ließ, dämmerte der Morgen. Er dachte an den nächsten Morgen zu Hause. Er würde aufwachen, die Sonne sehen, die Vögel hören, den Wind spüren, und ihm würde alles wieder einfallen, und es würde in Ordnung sein.

Le second maître d'échecs se leva, fit résonner son verre avec sa fourchette et demanda d'une langue pâteuse qu'on lui prête attention. Il n'était pas l'homme de longs discours, mais quand l'ouverture du pion de la dame à laquelle il travaillait depuis de nombreuses années serait au point, il l'appellerait ouverture Lisa.

Ils firent la fête jusque tard dans la nuit. Quand il eut pris congé de tout le monde, il alla à pied à travers les rues désertes jusqu'à la gare. Là, il attendit sur le quai le premier train qui le ramènerait chez lui. Quand le train quitta la ville, l'aube commençait de poindre. Il pensa au matin suivant, qu'il passerait à la maison. Il se réveillerait, il verrait le soleil, entendrait les oiseaux, sentirait le vent, et tout lui reviendrait à l'esprit, et les choses seraient en ordre.

DU MÊME AUTEUR

Dans la collection Folio

LE LISEUR (n° 3158)

AMOURS EN FUITE (n° 3745)

LA CIRCONCISION, *nouvelle extraite d'*Amours en fuite (Folio
2 € n° 3869)

Dans la collection Folio Policier

BROUILLARD SUR MANNHEIM, *en collaboration avec Walter Popp* (n° 135)

UN HIVER À MANNHEIM (n° 297)

LE NŒUD GORDIEN (à paraître)

Composition Interligne.
Impression CPI Bussière
à Saint-Amand (Cher), le 2 mai 2009.
Dépôt légal : mai 2009.
1er dépôt légal dans la collection : mai 2006.
Numéro d'imprimeur : 091384/1.
ISBN 978-2-07-030972-6./Imprimé en France.

169597